高嶺の花扱いされる悪役令嬢ですが、
本音はめちゃくちゃ恋したい
マリアヴェーラ・ジステッド
年齢：18歳
ジステッド公爵家の長女で、第一王子アルフレッドの婚約者。厳しい妃教育を受けて育つ。派手な顔立ちの美貌と気高い性格から『高嶺の花』と呼ばれるが、本人は可愛いもの好き。
レイノルド・フォン・タスティリヤ
年齢：18歳
第二王子。第一王子であるアルフレッドをフォローしてきたが、マリアヴェーラを泣かせた兄を見限って不良化。人知れずマリアヴェーラを見守っていた。

アルフレッド・ルイ・タスティリヤ
年齢：18歳
第二王子として特別扱いされた結果、自分を親
切で有能なできる男だと勘違いして育つ。
プリシラに心を奪われて、生来の婚約者だったマ
リアヴェーラに婚約破棄を言い渡す。
プリシラ・スート
年齢：18歳
スート商会取締役の娘。金で爵位を買った父親が
アルフレッドたちの通う貴族学園に送り込んだ。
心優しく女の子らしい魅力でアルフレッドを惹き
付け、マリアヴェーラとの婚約破棄の原因に。

高嶺の花扱いされる悪役令嬢ですが、
本音は
めちゃくちゃ恋したい
Kurusu Chii
来栖千依
illustration：TCB

contents

第一部

第二部

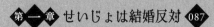

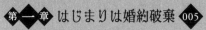

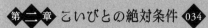

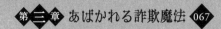

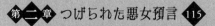

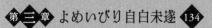

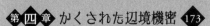

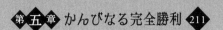

第一部

第一章　はじまりは婚約破棄

「――マリアヴェーラ・ジステッドとの婚約を破棄する！」

貴族の令息と令嬢が通う学園の卒業パーティーで、第一王子のアルフレッドは高らかに宣言した。

壇上の彼には、ピンク色のフレアードレスをまとった少女が不安げに寄りそっている。

二人の視線の先には、人が退《ひ》いたホールに一人で立つマリアがいた。

「マリアヴェーラ、貴方《あなた》は美しい。薔薇《ばら》のような赤いドレスが似合う長身と、きらびやかな顔立ち、王子の婚約者として申し分ない聡明《そうめい》さ、全てにおいて完璧だった。学園中が〝高嶺《たかね》の花〟と褒めそやすに相応《ふさわ》しい貴族令嬢であることは間違いない。だが、貴方は私を癒してはくれなかった。私が心から求めるのは、ここにいるプリシラだったのだ」

アルフレッドに肩を抱き寄せられて、プリシラは微笑《ほほえ》んだ。

道端に咲く小花のようだと、マリアはかざした羽根扇のかげで思う。

甘く柔らかな少女らしさは、身を守る棘《とげ》をまとった自分とは正反対だ。

「私は愛らしいプリシラに惹《ひ》かれていった。プリシラと話したり庭園を散策したり食事をともにするごとに、彼女とあたたかな家庭を築くことが私の夢になった。

許婚《いいなずけ》である貴方には悪いが、もはや他の女性との結婚は考えられない。反論もあるだろうが、どうかここは引いてほしい」

「わかりました」

「そうだろう。受け入れがたいのは、重々承知だが——って、え？」

「婚約破棄を承知したと申し上げたのです」

動揺を見せるアルフレッドに、マリアは高嶺の花らしく鮮やかに笑いかけた。

「わたくしでは殿下のお心を満たせませんでしたこと、心よりお詫《わ》び申し上げます。どうかプリシラ嬢とお幸せに」

大輪の薔薇をあしらったワンショルダードレスの裾を持ち上げて、マリアは悠々と会場をあとにした。

パーティーホールを抜けた廊下には、寒風が吹いていた。

長手袋をはめていても腕が寒い。それ以上に、今は心が寒々しかった。

（アルフレッド様が、他のご令嬢と恋に落ちるなんて……）

一八歳のマリアは、一八年もの間、アルフレッドの婚約者だった。

古い時代に王族から分かれてできた公爵家に生まれた女の子は、一カ月前に生まれたばかりの第一王子の相手として最適だったのだ。

そのため、マリアは妃となるための教育を幼い頃から受けた。

話し方、立ち居振る舞い、手紙の書き方、ダンス、裁縫、国の歴史や貴族名鑑の暗記だけでなく、諸外国の友好敵対関係などなどなど。

将来の王妃になるために血のにじむような努力を重ねて、マリアは完璧な令嬢になった。

望外に喜ばれたのは、マリアの外見だった。

父に似て高身長な体は誰よりも美しくドレスを着こなせたし、高くてほっそりした鼻や長いまつ毛に彩られたアーモンド型の瞳は、宝石にも負けない気品があった。

亜麻色のたおやかな髪と白すぎない肌は、赤や黒、青といったはっきりした色合いに際立って輝く。

織物は小ぶりな柄より大柄、コサージュやアクセサリーも豪華なものほど似合った。

それらは、いずれ国母となる身に相応しいと賞賛された。

結局アルフレッドが選んだのは、淡い色のドレスが似合う小柄で愛らしい少女だったのだから皮肉だ。

（そちらの方がお好きだったなら、わたくしもそういう格好をしたのに）

今さら嘆いても無駄なことはわかっている。

マリアには、かわいらしいピンク色のドレスは合わない。

ヒールの高さを抑えても背の高さはごまかせないし、派手な顔立ちに至っては、化粧をすればするほど輝くので手の施しようがなかった。

アルフレッドは、マリアが努力しても手に入れられないものに、恋をしたのだ。

「っ……」

涙がこぼれそうになって、芝生の生えた裏庭に下りる。

このまま廊下を歩いていたら誰かとすれ違うかもしれない。

マリアをつき動かすのは、第一王子の婚約者としてつちかってきたプライドだ。泣き顔なんて情けないもの、誰にも見せられない。

もう元婚約者なので、見栄を張っても仕方がないのだけれど。

「う……うぅ、うえぇぇぇん！」

裏庭の奥の奥、生徒はまず来ないだろう物置小屋の近くで、マリアの我慢は限界を超えた。地面に座り込んで、赤ちゃんみたいな大声を上げる。

「アルフレッドさま、アルフレッドさまぁ、どうしてわたくしではダメだったの！　うえぇえぇぇぇ、うえぇぇぇぇん！」

大粒の涙を拭うこともせずに喚《わめ》いていると、そばの茂みがガサリと揺れた。

「ひっ⁉」

「うるさい……」

コデマリの木の下に、白銀色の髪と冷たい眼差《まなざ》しの青年がいた。

マリアも知っている人物である。剣の腕は立つが上流階級に馴染《なじ》めず、下町のゴロツキと繋《つな》がっているともっぱらの噂《うわさ》だ。

どことなくアルフレッドに似ているのは、双子の弟だから。

「レイノルド様……こんな場所でお昼寝をされていましたのね。卒業パーティーに出席なさらないので、ご令嬢たちが悲しんでおられましたわ……」

マリアはハンカチで涙を押さえたが、ぐちゃぐちゃになった化粧はごまかせない。

乱れた姿をさらすマリアに察するものがあったようで、レイノルドは「兄貴か」と呟《つぶや》いた。

「その様子だと、卒業パーティーで婚約破棄でも言い渡されたか？」

「なぜそのことを」

「高嶺の花と呼ばれるあんたに、そんな顔をさせられるのは兄貴だけだろ。半年ほど前から、プリシラとかいう下級クラスの女子とコソコソ会っていた。いずれこうなるとは思っていたが」

立ち上がったレイノルドは、マリアの前に片膝をついて泣き顔をじっと見つめた。

「そんなに泣くことか」

「何がおかしいのです。わたくし、王子の妃として相応しい人物になれるように、アルフレッド様に好きになっていただけるように、人生の全てをかけてまいりましたのよ……」

話すとまた涙がこぼれ落ちてきた。

プリシラのように可憐《かれん》な少女が泣くなら可愛げもあるが、マリアが泣いたところで不格好なだけだ。

うつむいてグズグズと鼻を鳴らすマリアに、レイノルドは手を伸ばした。

壊れものでも触るような仕草で、頬に流れた雫《しずく》を指でぬぐって、一言。

「いっそ、俺と婚約するか」

告げられたマリアは目を見開いた。

「レイノルド様と？」

「あんた、王子の妃になるために生きてきたんだろ。俺も一応は王子だ。のけ者の第二だが利用価値はそれなりにある。近くに寄りつく女もいない。慰めくらいならしてやる」

いきなりの自己アピールに、マリアは混乱した。

ジステッド公爵家のことを考えれば、申し出を受けるべきだ。

しかし、婚約破棄されたからといって急にレイノルドに乗り換えられるほど、生半可な気持ちでアルフレッドを想《おも》っていたわけではない。

彼を運命の相手だと信じて人生の全てを注いできた自分を、そう簡単に裏切れない。

「――か、考えさせてくださいませ！」

マリアは、レイノルドの手を払って早足でその場を離れた。

両親への報告とか、アルフレッドから贈られた品の処分とか、自分の身の振り方とか、これから考えなければならない問題は山ほどあるのに、頭が働かなかった。

そして、馬車で家に帰り着くまで、ぼんやりと時間を浪費してしまったのだった。

◆

アルフレッドとプリシラが出会ったのは、およそ一年前。

貴族の子女が通う学園の温室だった。

壁も天井もガラスで造られた建物では、貴重な草花や木が育てられている。一年に一度しか咲かない南国の大輪が花開いたと聞いて、マリアの方から彼を誘った。

第一王子とその婚約者である〝高嶺の花〟が温室を訪れる噂は学園中に広まり、人払いをしなくても誰も近づかなかった。

爵位を金で買った成り金の娘で、春から下級クラスに編入して孤立していたプリシラ以外は。

白い花々が咲きそろう花壇に腰かけて、指先にとまった小鳥に歌を聴かせていたプリシラは、やってきたマリアとアルフレッドを見るなり顔を青くした。

「お邪魔してすみません。お二人がいらっしゃるとは知らなかったんです。元庶民であるわたしは、やんごとなき家柄のクラスメイトから無視されていて、大事なことを教えてもらえないので……」

大きな瞳からほろりと落ちた涙は、葉先に垂れた朝露のように清らかだった。

女の涙はみっともないと教育されていたマリアでさえ、庇護《ひご》欲をかき立てられた。

王族や位の高い貴族の子女が集まった上級クラスには、いないタイプの生徒だ。

「わたくしたちは怒っていませんわ。どうか泣かないで」

ハンカチを貸したマリアの隣で、アルフレッドは雷にでも打たれたように固まっていた。

瞳はプリシラに釘《くぎ》付けで、マリアの呼びかけに三度目でようやく気づく有様。

南国の花を観賞する間も上の空だったので、彼の体調を案じたマリアは早々に予定を切りあげた。

本当は、花の色や香りにかこつけて会話がしたかったのに。

たとえば、花よりも君の方が綺麗《きれい》だ、とか。

どんなに良い香りでも、君ほど夢中にさせるものはない、とか。

社交辞令でもいいから言ってほしかった。

良くも悪くも実直なアルフレッドが相手では、花の前で百年待っても、そんな言葉は聞けないとわかっていた。

けれど、マリアは期待した。

いつかアルフレッドが、自分にだけ特別な言葉をかけてくれる日を——。

『マリアヴェーラ・ジステッドとの婚約を破棄する！』

「──はっ」

恐ろしい夢から覚めたマリアは、息を吹き返した病人のように荒い呼吸を繰り返した。

体はこわばり、額には汗が浮かんでいる。

視界が狭いのは、寝入りばなまで泣いて目が腫れているせいだろう。

今日は一日、鏡を見たくない気分だ。

「もう第一王子の婚約者ではないのだから、一日中ベッドの上にいても咎《とが》められないわ……」

無意味に寝返りを打つと、じわりと涙がにじんできた。

やっぱりだめ。二度寝なんてはしたない真似はできない。

さっさと起きて身支度をしなければいけないと、第一王子の婚約者として過ごしてきた長年の習慣が責め立ててくる。

起き上がって顔を水で洗い、ゆったりと体が泳ぐネグリジェから、コルセットでウエストを締め上げなければ入らないドレスに着替えるのだ。

髪は熱したコテで巻き、肌には真珠の粉をはたき、唇を赤く染めて、高嶺の花の仮面を貼りつける。

マリアはそうやって自分を作ってきたし、他に自分らしい形を知らなかった。

完璧に外面を作り上げれば上げるほど賞賛される。

南国の大輪は、花壇で咲く雑多な小花にはなれないのだ。かわいらしい見た目に憧れていたとしても、自分が持ちうる色と形で輝くしかない。

マリアでは、どうあがいてもプリシラにはなれない。

「っ、アルフレッドさま……」

「お嬢様、大変でございます！」

涙をこらえていると、侍女のジルがツカツカと寝室に入ってきた。

幼い頃からマリアの世話役をつとめている彼女は、マリアが昨晩のうちに婚約破棄を言い渡されたと聞いているはずだが、泣き腫らした顔を見てたじろぐ。

「お可哀想に……。氷を運ばせてお顔を冷やしましょう。その間に、私たちの手でお支度を整えますのでご安心を」

「支度？　お父様からお呼び立てでもありましたの？」

「お客様でございます。マリアヴェーラ様に会いたいと、第二王子のレイノルド殿下がお越しになりました」

「レイノルド様が？」

マリアは飛び起きた。

王子を待たせておくなんて、ジステッド公爵家の失態だ。

一刻も早くはせ参じて敬意を示すべきである。

急ぐだけではなく、面会相手の格と場面に合った装いも忘れてはならない。

やつれた顔を気合で引き締めたマリアは、ジルとその後ろに整列する侍女に命じる。

「衣装室から、準礼装の青いドレスを持ってきてちょうだい。足下は、外に誘われても替える必要がないように、あらかじめ革のヒール靴を履いておきます。

髪は学園に通っていた時と同じく下ろした状態で、サファイヤを使ったヘッドピースをつけますわ」

「かしこまりました」

侍女たちはいっせいに持ち場に駆け出した。衣装室や宝飾室からお目当ての品を取りそろえて、コルセットを締め上げる。

その間、マリアは氷で目元を冷やす。ドレッサーに座って香油で髪を梳《と》かされながら見る自分の顔は、予想していたよりも落ち着いていた。

目蓋は腫れぼったいし赤みも残っているが、化粧でごまかせるレベルだ。

赤みの上に真珠の粉をはたくと、ワインで酔った貴婦人のごとき色香をただよわせた。

マリアはそれを見て幾分ほっとする。

こんな最悪な日でさえ、自分はいつも通り〝高嶺の花〟だ。

扇を手に取り、青いドレスのスカートをつまんで応接間に向かったマリアは、執事が開けた扉をくぐった。

「お待たせして申し訳ございませんでした。レイノルドさ——」

片足を引いてお辞儀をすませ、顔を上げたマリアは、椅子に腰かけた第二王子を見て言葉を切った。

一瞬、アルフレッドがいるように見えたのだ。

刺繍《ししゅう》の入ったロングジャケットは、元婚約者も愛用していた服装だ。

双子なだけあって背格好はほぼ同じで、整った顔立ちもそっくり。

だが、どれだけ夢を見ようとそこに座っているのはレイノルドである。

いくらアルフレッドでも、婚約破棄した令嬢の家にのこのこ現れたりしない。

そんなことはないと、わかっているのに。

（どうして、わたくしは期待してしまうの）

うつむいたマリアを一瞥《いちべつ》して、レイノルドはマリアの父であるジステッド公爵に顔を向けた。

口髭《ひげ》をたくわえた父は、王家のシーリングが押された手紙をマリアに読み聞かせる。

「王妃殿下より、第一王子アルフレッド殿下が断行した婚約破棄について謝罪をいただいた。さらに、第二王子レイノルド殿下との縁談までくださった。こんなにありがたいことはない！」

父が大喜びするのも無理はなかった。

第一王子とマリアの婚約が取り消されたという話は、一晩のうちに社交界に行き渡っているはずだ。

公爵家側に不手際があったのではと悪い噂が立つ前に、第二王子との縁談をたしかなものにしておくに越したことはない。

だが、肝心のマリアの心は、まだアルフレッドのもとにあった。

誰と結婚するにせよ、気持ちに整理をつける時間がほしい。

「失礼ながら、お父様。婚約破棄されてすぐにレイノルド様との婚約を発表すれば、王子であれば誰でもいいのかと公爵家がそしられますわ。ご一考を」

「選べる立場にあると思うのか、マリアヴェーラ。王妃殿下のご厚情を無下にすることは許されない！」

「ですが……」

「ジステッド公爵」

怒鳴る父を止めたのは、レイノルドだった。

彼は、萎縮するマリアの方は見ずに意見する。

「縁談は王妃の発案のように書かれているが、マリアヴェーラへの求婚は私の意思だ。彼女の決心がつくまで考えてもらってかまわない。本日はこれにて失礼する」

立ち上がったレイノルドは、マリアの横を通りすがら「気が向いたら返事をくれ」と言い残して去っていった。

続けて、苛立《いらだ》った父が「みっともない姿を殿下にさらすな」とマリアに当てこすって部屋を出ていった。

応接間に取り残されたマリアは、ふと思う。

レイノルドは、最後まで泣き腫らした顔を見ないようにしてくれた、と。

アルフレッドに婚約破棄を告げられたマリアを待ち受けていたのは、第二王子からの求婚や父の叱責だけではなかった。

卒業を祝うという名目で開かれた、王立薔薇園でのティーパーティー。

色とりどりの薔薇が望める円《まる》テーブルで、ヴァトープリーツがついた優雅なドレスを着たマリアは紅茶を飲んでいた。

同席する者はいない。あからさまに避けられている。

これまで我先にとマリアに話しかけていた令嬢たちは、各々グループを作ってヒソヒソ話。マリアに向けられる憐《あわ》れみの視線から、話題は想像するにかたくない。

（十中八九、わたくしへの嘲りでしょうね）

さんざん高嶺の花と崇めてきた令嬢が、大勢の前で婚約破棄されたのだ。

マリアへの妬みや嫉みを胸中に飼っていた連中にとって、これほど溜飲《りゅういん》が下がるイベントもなかっただろう。

もはやマリアは遠慮する必要のない相手。

たとえ公爵家の名札をつけていようとも、見下せるポイントができたら標的になるのが令嬢付き合いの面倒くさいところだ。

「皆さま、お水はいかが……きゃあーっ」

水差しを持って近づいてきた侍女が、わざとらしく躓《つまず》いてマリアに水をかけた。

今日のために仕立てたマリアのドレスは、胸元からスカートまでぐっしょりと濡《ぬ》れて、ワインレッドの生地は泥がしみ込んだように暗く変色してしまった。

それを見て、彼女をけしかけた男爵令嬢のグループでは笑い声が上がる。

「失礼しました、マリアヴェーラ様。高嶺の花ならいざ知らず、一人でテーブルを占領している立場を弁《わきま》えないご令嬢は目に入らなかったのです。お許しくださいませ」

令嬢らしい言い回しだが、直訳すると『第一王子にフラれたお前は、もはや高嶺の花ではなく負け組だ。今までのように振る舞えると思うなよ』である。

育ちはいいのに口が悪い。いや、悪いのは性格か。

マリアは、水を拭おうとする従者を手で制して、ゆったりと立ち上がった。

「かまいませんわ。ちょうど、ドレスを着替えたいと思っておりましたの」

「もうお帰りになるんですの？　これからご令息方との歓談ですわよ。汚れたドレスでは、いくら公爵家のご令嬢といえど恥ずかしくて出席できないかしら」

勝ち誇った顔で見下してくる男爵令嬢に、取り巻きたちが追従する。

「そんな風に言っては、マリアヴェーラ様がお可哀想よ」

「まだ婚約破棄が尾を引いてらして、他の男性とお話できる胸中ではないのでしょう」

「逃げ帰っても仕方がありませんわ」

キイキイと響く声の、なんと耳ざわりなこと。

まるで小屋の屋根裏で鳴くネズミのようだ。

弁えていないのはどちらかわからせるため、マリアは麗しく微笑んであげた。

「素晴らしい会に呼んでいただいたのですもの。途中で帰ったりいたしませんわ。まだ着ていないドレスがあったので、頃合いをみて召し替えようと持ってきたのです」

「へ？　パーティーの途中でお着替えなさるの？」

令嬢たちはきょとんとした顔で、着替えなんて持ってきてないわよね、と確認し合う。

マリアが着替えを常備しているのは、アルフレッドの婚約者としての癖である。

彼は、気まぐれに訪問先を変えるのだ。

たとえば、庭園に行く予定だと聞いて動きやすいデイドレスで外出したら、急に歌劇が見たくなったと言い出す。

劇場の箱席に行く場合、令嬢は夜会用と同格のドレスに着替える必要がある。

もしも場にそぐわない服装で行けば、マリアの評価だけでなくジステッド公爵家の評判が下がってしまう。

着替えるために屋敷に帰って、アルフレッドを待たせるのも避けたい。

ゆえに屋敷を出る際には、三通りほどのドレスと靴、アクセサリーを馬車に積み、着替えを手伝う侍女も必ず連れていくようにしていた。

こうした公爵令嬢としての矜持《きょうじ》が、マリアの完璧さを下から支えていたのである。

「皆さんはドレスを持ってきていらっしゃらないのね。使い回しのドレスしかないと、お茶会の最中に着替える発想はわかないのかしら」

マリアが同情すると、男爵令嬢は顔を真っ赤にして震えた。

取り巻きは、自分たちは悪くないという顔で距離をとる。

従者を連れて控え室へ下がっていくマリアを、離れたテーブルで令嬢に囲まれているプリシラが心配そうな顔で見ていた。

「……わたくしにはかわいらしすぎたわね……」

手持ちのドレスに着替えたマリアは、姿見を見て溜《た》め息をついた。

流行している小花柄のドレスをデザイナーに勧められて注文したが、持ち前の高貴な外見には似合っていない。

自分に似合うのは、花の一輪一輪が際立つほど大きくあしらわれた派手な柄だとわかっていた。だが、マリアだって愛らしいドレスに憧れがある。

先ほど虐《いじ》めてきた令嬢たちが着ていたような、淡い水色、ピンク色、黄色といった膨張色。大きく広がったプリンセスラインのドレス。

リボンを多用した子どもっぽいデザインを着こなして街を歩けたら、どれほど楽しいことか。

「マリアヴェーラ様、別のドレスもご用意してございますが……」

落ち込んだマリアを見て、侍女が化粧箱からキツい紫色のドレスを引き出した。

マリアは、少し迷ってから「このままでいいわ」と告げる。

「わたくしは庭園には戻らずに、控え室で閉会まで時間を潰すことにします。ドレスに合わせて髪だけ結い直してちょうだい。主宰にお礼状を書くから便箋とペンを用意して」

「かしこまりました」

侍女は、造花のヘッドピースをマリアの髪にさし込んで整えると、手紙の準備をするために部屋を出ていった。

一人残されたマリアは、支度室を出て談話室に入る。

令息や令嬢は皆、庭園に出ていて誰もいない。

（今頃、アルフレッド様はプリシラ嬢と楽しく過ごしてらっしゃるでしょうね）

下級クラスで孤立していたプリシラは、上級クラスでマリアと親しかった令嬢たちに囲まれていた。

彼女たちはマリアを気に入っていたわけではなく、第一王子の婚約者の友人というポジションに惹かれていたのだ。

考えながらカウチソファに腰を下ろすと、お尻がむぎゅっとしたものに触れた。

「きゃあっ⁉」

びっくりして立ち上がる。見れば、ソファには先客がいた。

ジャケットを着たまま昼寝していたのは、第二王子のレイノルドだった。

マリアが乗っかったお腹を押さえて目を丸くしている。

「急に何かと思ったら……。ここで何してる」

「それはこちらの台詞《せりふ》でしてよ！　庭園に行かずに、ご令嬢たちの控え室でお昼寝だなんて、暴漢に間違えられても仕方がないでしょうに」

「ご令嬢たち……？　ここは令息の控え室だが」

「えっ？」

辺りを見回すと、庭園に移動する前に入った談話室とは家具の配置が異なっている。壁紙やシャンデリアが同じだから油断していた。

入る部屋を間違えたのは、マリアの方だ。

「わたくし、なんて失態を……！」

「ふっ」

起き上がったレイノルドは青ざめるマリアを見て吹き出した。

「部屋を間違ったことといい、ソファに寝てる俺に気づかず座ったことといい、完璧そうに見えて抜けてるな、あんた。高嶺の花だのなんだのと持ち上げられているけど、本当はかわいいじゃないか」

「わたくしが、かわいい？」

綺麗だとか、麗しいだとかいう褒め言葉はよく浴びるけれど、かわいいと言われるのは珍しい。

幼少期から久しく聞いていない気がして、マリアの胸はさわさわと騒いだ。

「ご冗談はおよしになって。わたくしにかわいげがないことは承知しております。こんな容姿では流行のドレスも着こなせませんのよ。だから、アルフレッド様はわたくしを……」

選んでくれなかったのだ。

吐き出しそうになった言葉は頑張って飲み込んだ。

言ったら、また泣いてしまいそうだったから。

「卒業パーティーをサボったレイノルド様が、どうして今日は参加していらっしゃるのかしら？　他の令嬢とお近づきになるためなら正直におっしゃって。求婚はまだ受け入れておりませんので、問題なく破談にできましてよ」

マリアは、肩にかかった髪を払い、自然な流れで後ろを向く。

これで、もしも涙がこぼれてしまっても彼からは見えないはずだ。

だが、マリアの方からもレイノルドが見えないのは誤算だった。

「参加したのは、あんたの顔を見られるかもしれないと思って……」

「わたくしの顔ですって？」

振り返ると、いつの間にかレイノルドが立ち上がっていて、顎に指をかけて上向かされる。一筋縄ではいかなそうな青い瞳が、マリアを大きく映し出していた。

「来て正解だった。かわいいあんたを独り占めできた」

「〜〜〜！」

愛おしげに目を細められて、マリアは真っ赤になった。

知らなかった。レイノルドが直球で女性を褒めるタイプだったなんて。

同じ上級クラスではあったが、授業をサボりがちだった彼とマリアは在学中にほとんど接点がなかった。

こんな風に見つめ合う日が来ると、誰が予想できただろう。

その時、どこからか言い争うような声が聞こえた。

「なにかしら？」

「近づいてくるな」

マリアとレイノルドはピアノの陰に隠れた。

「元手はいくらあってもいいんだ！」

そう言って入ってきたのは、伯爵令嬢ミゼルとその恋人のパーマシーだった。

家の格もほぼ同じで、とても仲の良い二人だと聞いていたが、パーマシーはミゼルを激しく怒鳴りつける。

「資金を集められたら、僕がしかるように運用して、二倍にも三倍にもしてみせるって言ってるじゃないか！」

「で、でも……わたしが渡せるお金は、もう残っていません……」

「君のお父様に都合してもらえばいい。これは未来への投資だと説明してくれ。僕が兄より認められれば、家を継がせてもらえるかもしれないんだ！」

どうにもきな臭い話題だと、物陰のマリアは思った。

パーマシーは都から遠いところに領地がある伯爵家の三男。現在の当主は持っている領地が二つあるので、長兄と次兄にそれぞれ継がせるはずだ。

ミゼルにも兄が一人いて、跡継ぎに内定している。

つまりパーマシーは、自分で事業をおこすか、分配される貴族年金でつつましく暮らすより、生きていく方法はない。

（それで、ろくでもない投資にはまったのね。一発逆転なんてあるはずがないのに）

リスクなく元手が二倍、三倍になる儲《もう》け話など存在しない。そんなものがあるなら、世界中の人々がタスティリヤ王国に来て、富豪になっているだろう。

「ごめんなさい、パーマシー様。お父様には援助をお願いできません……」

「なぜできないんだ！　君は僕が求婚した時、爵位を継げなくてもかまわない、一生支えるって言ってくれたじゃないか。あれは嘘《うそ》だったのか！」

「嘘ではありません。わたしは今だってパーマシー様のこと……」

「もういい、返せ！」

苛立った様子のパーマシーは、ミゼルの左手をぐいっと引っ張った。

薬指にはまった婚約指輪を奪おうとしているのだ。

ミゼルは必死に抵抗するが、労働とは縁のない貴族令嬢では男の力に敵《かな》わない。

「お待ちになって」

見かねてマリアは立ち上がった。

誰もいないと思っていた部屋に、よりによって高嶺の花令嬢と第二王子が潜んでいたので、二人は驚愕《きょうがく》している。

「失礼ながら、お話は聞かせていただきましたわ。パーマシー様は、婚約者であるミゼル様からお金を巻き上げて、不健全な投資をしていらっしゃるようですね」

「不健全ではありません！　ジステッド公爵令嬢はご存じないでしょうが、これからアカデメイア大陸中へ、大量の魔晶石《ましょうせき》がばらまかれるんですよ。これを買い取って国内で売るための資金として事業者に金を預けておくと、元金の五倍の配当が得られるんです!!」

魔晶石というのは、ざっくり言うと魔法を使えるようになる石だ。

大陸の端にある聖教国フィロソフィーで採れると本で読んだことはあるが、マリアは実物を見たことがない。タスティリヤ王国では魔法全般が禁じられているため、魔晶石は流通していないのである。

「この国では魔法は使えません。魔晶石が大陸中に広まろうとも、国内で売りさばくことはできませんわ」

「ふふふ、それが変わるんですよ。事業元のスート商会が、魔法を解禁させると約束しているんですから！」

パーマシーは、なぜか勝ち誇った表情で胸を張った。

「なんていったって、アルフレッド様の恋人はスート商会取締役の一人娘。プリシラ様が第一王子の恋人なんだから、そのくらい簡単ですよ」

「恋人に言われて、アルフレッド様が国の方針を変えるなんてこと……」

ない、とは言えないとマリアは思った。

現に、アルフレッドは幼い頃からそばにいたマリアより、ぽっと出のプリシラに鞍替《くら》えした。彼の判断には、共にいた年月や責任の有無は伴わない。

（アルフレッド様は、いつもご自分のことばかりだったわね）

気持ちが動けば、それだけで何もかもを変えてしまう。

マリアとの婚約破棄においては、母である王妃に謝罪までさせているが、果たして彼は反省しているだろうか。

（していないでしょう。だって、相手はわたくし。アルフレッド様にとっては、どうなったっていい相手だもの——）

「はっ。くだらない」

ガシャンと強烈な音がした。

顔を向けると、レイノルドが窓際の花瓶をけり倒していた。

花瓶は割れて、薔薇模様が美しい絨毯《じゅうたん》がじわじわと変色していく。

「パーマシーとか言ったか。お坊ちゃまは知らないようだから教えてやる。

現物が今は目の前にない。金を預けたらあとで倍にして返してやる。もっと金を集めてくればさらに還元してやる。この三つは、どれも詐欺師の常套句《じょうとう》だ」

レイノルドは、ソファにどかっと腰かけて、悪党よろしく腕を広げてもたれかかった。はだけたコートの真っ青な裏地が、彼を血も涙もない凶悪な人物に見せていた。

「こういう話は、ある程度の真実を混ぜるものだ。たしかに大陸への魔晶石の流通は増えている。聖教国フィロソフィーの聖王も代替わりするらしいし、あたかも詐欺師の言う通りになりそうな気配がある。

だが、俺の読みでは輸出は緩和されない。あんたが持ちかけられた儲け話は泡となって消える」

「で、でも、すでに出回っている分がありますよ！　第一王子が魔法の禁止を撤廃するに違いないんだから、それを確保すれば!!」

なおも食い下がるパーマシーを、レイノルドは冷酷に睨《にら》みつけた。

「そんな馬鹿な兄貴なら、俺が殺してでも止める」

「ひっ」

パーマシーの息を呑《の》む音が聞こえた。衝撃ついでに洗脳からも覚めてほしいが、愚かしい人間というのは死ぬまで性根が変わらないものだ。

マリアは、パーマシーの背に手を当てる、けなげなミゼルに呼びかけた。

「ミゼル様。パーマシー様とのご関係を考え直すべきだと思います。爵位も財産もいらないと覚悟なさって求婚を受け入れたのでしょうけれど、彼は貴方を同じだけ想っていますか？」

婚約破棄されたマリアが、ミゼルに婚約のあり方を説くなんて馬鹿げた話だ。

けれど、酷《ひど》い恋人から彼女を助けられるのは、自分しかいないという確信がマリアにはあった。

「人は好いている相手から何も奪いません。慈しみ、与えたい、ただそれだけ。そういう気持ちをお互いに持つ関係こそが恋だと、わたくしは信じております」

マリアは、そんな関係にアルフレッドとなりたかった。

だが、アルフレッドはそうではなかった。どれだけ強く要求しても、じっくり時間をかけて待っても、彼はマリアに恋のきらめきを与えてはくれなかった。

第一王子の婚約者の座から自由になれたのは、いっそ幸いと言える。

「婚約破棄された身で言うと笑われるでしょうけれど、わたくしは本物の恋をしてみたいのです。何も奪われずに与え合う、そんな尊い恋を」

マリアが晴れ晴れ――周りからすると人並み外れて気高い雰囲気だったが――笑うと、ミゼルはぱちくりと瞬きをして、婚約指輪のはまった左手を見た。

無理やり引っ張られて、指には赤い痕がついている。

血は出ていないが、冷やさなければアザになってしまいそうだ。

（あなたも勇気を出して）

願いが届いたのか、ミゼルは指輪を自ら引き抜いて、パーマシーの手に握らせた。

「パーマシー様、婚約はなかったことにしてください」

「なっ、なんでそうなるんだ、ミゼル！」

「愚かな恋から覚めたのです。マリアヴェーラ様のおかげで」

ミゼルは、マリアに駆け寄って頰を赤らめた。

「マリアヴェーラ様、ありがとうございました。わたしも本物の恋を探そうと思います。在学中はお近づきになれなくて残念でした。お友達になっていただけますか？」

「わたくしでよければ、喜んで」

「僕のことは、もうどうでもいいのか……」

ショックを受けるパーマシーに、レイノルドが剣呑《けんのん》な調子で絡んだ。

「俺が仲良くしてやる。さっきの投資話、詳しく聞かせてもらうぞ……」

「ひぇえええ！」

情けない叫び声に背を向けて、マリアはミゼルと部屋を出る。

水に浸したハンカチで指を冷やしながら会話を楽しみ、まるで昔から親友だったように打ち解けたのだった。

第二章　こいびとの絶対条件

「誰かが困っていたら迷わずに声をかける……さりげなくエスコートしてくれる……賞賛されなくても気分を悪くしない……」

朝食の後、マリアは書き物机にノートを広げて、理想の恋人の条件を書き出していた。

「金髪で……目鼻立ちがはっきりしていて……感情豊かで……はきはきとしゃべって……身長はわたくしより一五センチ高い……。だめだわ。これではまるでアルフレッド様よ」

薔薇園の一件で、アルフレッドへの未練を断ってから七日。

初めのうちは、心にぽっかりと大穴が空いたような心地でいたが、今では吹きすさぶ風さえ爽快に感じられる。

味わったことのない自由を手に入れて、一番に思ったのは『恋がしたい』だった。

恋をするには、まず人を好きにならなければならない。

けれどマリアは、自分の好みがわからなかった。

第一王子の婚約者に「どんなタイプの男性が好き?」と無粋な質問をする者はいなかったし、相手がいる身で架空とはいえ別の男性について考えるのはいけないと思っていた。

恋をしたいという純粋な気持ちだけが、マリアの中でキラキラと輝き続けた。

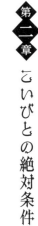

（婚約破棄された今こそ、理想の恋をするチャンスだわ）

マリアは、まず自分の理想を書き出してみることにした。

それを踏まえて、どこに行けば出会えそうか、傾向と対策を練るつもりだ。

狩猟が得意そうな男性だったら山へ行くべきだし、花に詳しい男性だったら田舎《いなか》まで足を延ばしてみる必要がある。

妃教育でつちかったガリ勉モードでどんどん自分を探っていったが、書き出せた男性像はアルフレッドに似ていた。

だが、マリアの理想と第一王子は似て非なるものだ。

アルフレッドが困っている人を見たら声をかけるのは、向こう見ずなだけ。自分が解決しなくても、従者がなんとかしてくれると知っているからだ。

エスコートはとにかく腕を出せと家庭教師に叩《たた》き込まれているだけだし、称賛されなくても気にしないのは自分を過大評価しているので周りの声にビクともしないだけ。

そんな相手にときめくはずもなく……。

「たぶん、他の男性をよく知らないから上手《うま》く書けないのだわ。わたくしにだって好きなタイプはいるはずよ」

満杯になったページを破り捨てて、マリアは真っ白な紙面に向き合った。

アルフレッドを頭からぽいっと追い出して、今度こそ自分の理想を書き出すのだ。

「髪の色は……そうね、知的に見える銀髪というのも素敵だわ。目鼻立ちは、大きくはっきりしているよりは、細めの涼やかな人がいいかしら……。

はきはきしゃべられると長時間聴いているのが辛《つら》くなるから、声は低めで淡々と話す方。でも、わたくしの話も同じくらい聞いてくださる男性がいいわ」

書いているうちに胸がわくわくしてきた。

マリアは、何度もペン先をインクに浸しながら、夢中で書き進める。

「わたくしは背が高いけれど、思いやる心があるなら身長なんて何センチでもいいわ。感情豊かでも思うまま表に出していたら単なるお馬鹿さん。秘めたる気持ちがある方が大人びて魅力的よ。

そう、賞賛をもらってもおごることなく、正しく自分の価値を理解している人こそ賢いわ！　他には、子どもには特別優しいとか、友好的に人と接するとか、そういうギャップがあれば、なおよし！」

昼までには理想の恋人像のメモが埋まった。

頭から読み返しながら、まだ見ぬ相手を想像する。

（銀髪で、涼やかな顔立ちで、低い声で落ち着いた話し方で――）

ふわふわした理想が像を結んでいく。

相手は、もったいぶって背を向けているけれど、手が届かない相手ではなさそうだ。

（――背はわたくしより高くて、自分の感情に正直すぎない性格で、周りの評価に左右されない自分を持っている人……あら？）

なんだか、身近にいる誰かに似ているような。

マリアがそう思った瞬間、理想の人は、きらめく銀髪をなびかせて振り向いた。

ようやく見えた顔だちに、マリアはびっくりする。

「レイノルド様⁉」

マリアはバタンとノートを閉じた。

予想外のことに心が動揺している。

「こっ、こんなの偶然だわ。だってわたくし、あの方にはまったく、これっぽっちもときめかなかったもの。

見た目は理想通りでも、彼が子どもに優しいかどうかはわからないし、友好的に周りと接している場面も見たことがないわ！」

「大声を出してどうしたの、マリアヴェーラ。部屋の外にまで響いていましたよ」

書斎の扉を開けて、淡い金色の髪をまとめた女性が入ってきた。

「ごきげんよう、お母様」

マリアの母は、上流階級の夫人にしては穏やかな性格の人だ。

父がマリアを立派な公爵令嬢にしようと熱心だった一方で、母は刺繍を教えたり散歩に連れ出したりして娘の心が休まるように取り計らってくれた。

その優しさは、マリアの心の支えにもなっている。

「申し訳ありません。みっともない姿をお見せして……」

「あなたが楽しそうで安心しましたよ。婚約破棄されて酷く落ち込んでいたでしょう。お父様のように他の縁談を持ち上げるのは傷に塩を塗り込むようなものと思って、別のお話を用意したのだけれど必要なかったかしら」

「別のお話、というと？」

「修道院に入ってはどうかと思って」

母は、海のそばにある修道院への推薦状を見せてくれた。

ジステッド公爵家が懇意にしている司教に書いてもらったものだ。

「望まぬ縁談を強いられた令嬢には、修道院に入って結婚から逃れる道もあります。世俗をいっさい絶った場所でつつましやかに生きられる方が、好きでもない相手と一緒になるより幸せですもの。

入るには多額の喜捨が必要ですけれど、お父様はわたしが説得しましょう。レイノルド王子殿下からの求婚が受け入れられないならば言ってちょうだい。すぐに支度を調えますからね」

母の提案はあくまでマリアの意思を尊重したものだった。

もしも話が持ち込まれたのが、アルフレッドに婚約破棄を言い渡されてすぐだったら、泣きながら飛びついていただろう。

だが、今は――。

マリアは、閉じたノートを胸に抱いた。

「お母様、笑わないで聞いてくださいませ。今さらかもしれませんが、わたくし、恋をしてみたいのです……」

自由意志で恋をするのが、貴族にとってどれだけ罪深いか、マリアは知っている。

けれど、口をついて出る願いは止められない。

「アルフレッド様への気持ちは義務感を履き違えたものでした。そうではなくて、好きで好きでじっとしていられなくなるような、本物の恋をしたいのです。だから、修道院には入りません」

「まあまあ。そんな願いを抱いていたなんて」

母は、びっくりした後で「じゃあ、これはいらないわね」と手紙を握り潰した。

「今さらなんてことはありませんよ。恋人を見つけたいならば、お部屋の中で泣いていないで外に出ていかなければね。あなたに素敵な恋人ができたら、ぜひおうちに連れてきてくださいな」

「そうします。わがままを聞いてくださってありがとうございます。お母様」

母はにっこりと微笑んで「そういえば」と切り出した。

「先ほど、レイノルド王子殿下がいらっしゃいましたよ。また求婚のお話だと思いますけれど……。どうします？　私が追い返しましょうか？」

「お母様が第二王子を追い返してしまったら、お父様がかんかんに怒りますわ。わたくしがまいります」


「どういうことですの？」

マリアは応接間に入るなりレイノルドに詰め寄った。

リラックスした様子で紅茶を飲んでいた彼は首を傾《かし》げる。

「何か問題でもあったか？」

「外歩きに行こう、というお誘いはかまいませんわ。問題はそのあとです。『薔薇園で着ていた小花柄のドレスをもう一度見たい』というのは、一体なんですの？」

王立薔薇園で開かれたお茶会で、いじわるな令嬢の企てで水をかけられたマリアは、予備のドレスに着替えた。

流行している可憐なデザインだったが、きらびやかなマリアの容姿には似合っていなかったため、控え室にこもって誰にも会わないように心がけた。

（それなのに）

あろうことか、控え室で昼寝していたレイノルドに見られてしまった。しかも彼はその装いがお気に召したらしく、外出の誘いを取り次いだ使用人にこう言った。

──マリアヴェーラに、薔薇園での装いを再び見せてほしいと伝えてくれ。

言われるまま、その時のドレスを持ってきた侍女に、マリアは固辞した。

しかし侍女たちは、ここがマリアの正念場だと熱心に説得した。

『第二王子殿下からのご希望を無下にしては、ジステッド公爵家の名がすたります。どうか今日だけは、私たちの申す通りにお召しください』

押し切られたマリアは、小花柄のドレスを身につけて、編み込んだサイドの髪を薔薇の花のように丸めたハーフアップにし、手には繊細な白レースの手袋と日傘という、愛らしいコーディネートを整えた。

やはりというべきか、高嶺の花というより野辺に咲く小花の装いは、主張の強いマリアの顔立ちには素朴すぎた。

姿見に自分の姿を映して一番に思ったのは、服が着られているという感想だ。

（愛らしいデザインは大好きだわ。けれど、嗜好《しこう》と外見は一致しないものよ）

　自分の容姿をまっさらな心で見る時、マリアはいつもがっかりする。

　これまでもかわいい服装にトライして、そのたびに失望してきたのに、性懲りもなく繰り返してしまう。それが、どれだけ愚かなことかわかっているのに。

　落胆を隠して、平静を保つのも慣れたもの。王子からの求めなので、マリアは情緒がぐちゃぐちゃなまま応接間に足を運んだのである。

　マリアに無理を言ってきたレイノルドは、少しも悪びれない様子で長い足を組んだ。

「俺が見たかったから、そう伝えたまで。何が悪い？」

「これでは嫌がらせでしてよ。この格好で外歩きなどしたら、『ジステッド公爵令嬢は、ついに似合わないドレスで街歩きするようになったわ、お可哀想』と同情目線のろくでもない噂を立てられてしまいますわ」

　他人のアラ探しに忙しい連中の抜け目なさには驚くばかりだが、人間というのはたいがいにして口が悪いものだ。

　小花柄のドレスを着たマリアは格好の餌食になるだろう。

「それとも、他の求婚者が現れないように、わたくしを貶《おとし》めるおつもりなのかしら。下手《へた》な先手ですこと。第二王子殿下は、よほどご自分に自信がないのね」

　試すように悪役を演じてみたが、レイノルドはさらりと受け流した。

「他を寄せつけないため、か……。そういうのは考えてなかった。だが、理由ならある」

立ち上がった彼は、マリアが見上げる位置にある顔をうつむかせて、細く巻いた亜麻色の髪を指に絡めとった。

「これなら、あんたがかわいいって見せびらかせるだろ」

「かっ⁉」

びっくりしてマリアの声が裏返った。

「かかか、かわいい？？？　わたくしが？？？？？」

「動揺しすぎだろ」

軽く笑ったレイノルドは、髪先にキスを落として上目でマリアを見た。

「こっちの方が、あんたらしくてずっといいし、好きだ」

「～～～～！」

きゅうっと心臓が痛くなって、マリアは後ずさった。

ここまで急角度で口説かれるとは思っていなかったので、心臓がバクバクと口から飛び出そうに高鳴っている。

（このままではレイノルド様の思うつぼだわ！）

マリアは、「ごほん！」と令嬢らしからぬ咳《せき》をして、高慢な表情を作る。

「見せびらかす？　なんですの、その独占欲は。わたくし、まだ貴方のものではございませんのに」

「これからそうなる」

「子どもみたいな自己主張ですわね。それで口説いているおつもりかしら」

「実力行使されたいなら、本気で行くぞ」

「貴方の本気がどれほどのものか、見せていただきましょう。できるならですけれど」

　せせら笑うマリアに、レイノルドはニイと唇を引いた。

「ああ。かわいい悲鳴が聞けると思うと楽しみだ」


　第二王子を運ぶには質素な馬車に乗せられたマリアは、人生で一度も来たことのない下町で、スカーフを被らされて人目をはばかるように降車した。

　マリアをエスコートするレイノルドは、閉鎖されたアートホールの裏手に回って、地下へと続く階段を下りる。

「閉鎖されてしばらく経《た》っているようですが、ここにどんなご用事ですの？」

「…………」

　視線でマリアを黙らせたレイノルドは、ペンキの剥げた戸を、三回、七回、二回と独特な調子でノックする。すると、内側から戸が開いた。

戸を押さえるのは、筋肉質の体にスーツと蝶《ちょう》ネクタイを身につけた、見るからに柄の悪そうな男だ。

「ひっ」

男は、息を呑むマリアとレイノルドを見ると、薄暗い廊下へと招き入れる。

「いらっしゃいませ。お久しぶりですね、レイ様。仮面はご入り用で？」

「くれ。二人分」

男は、目元を隠す仮面を差し出した。

黒い方が男性用、白い方が女性用で、女性用は手に持つステッキが付けられている。

レイノルドは黒い仮面を着けると、マリアの手に白い仮面を持たせた。

この時点で、マリアの嫌な予感は最高潮だった。

「これはなんですの？」

「決して外すな。顔を見られると、色々とまずいだろ」

「まずい場所にわざわざ連れてくるなんて、どういう了見ですかと聞いているのです」

「俺の本気が見たいって言っただろ」

「言いました。けれども、こんなの想定外ですわ！」

マリアは、ようやく相手が〝悪辣王子〟だと思い出した。

町の悪党と通じて、犯罪にも手を出しているとか、貴族令息を脅しているとか……。

（そんな相手とは結婚なんてできませんわ。いくら顔や声や口説いてくる姿勢が好みでも！）

「仲がよろしいんですね」

小声で言い争う二人を先導していた男は、顔を歪《ゆが》めて笑った。

「レイ様が連れと来たのは初めてでしょう。恋仲ですか」

「今日、ここで落とす」

「なっ⁉」

「それはよろしいことで。なんなら個室も空いてますよ」

マリアが心の準備をする間もなく、レリーフの彫り込まれた扉が開かれた。

「どうぞ、夢の時間をお過ごしください――」

「これは……」

マリアは広がる光景に圧倒された。

寂れた外観とは異なり、壁に肖像画がかけられ、天井からはクリスタル製の豪奢《ごうしゃ》なシャンデリアが下がって、まるで宮殿のようだ。

きらびやかな内装とは対照的に、照明は絞られていて辺りはうす暗い。

スタンドで照らされたテーブルには、マリアとレイノルドのように目元を仮面で隠した男女が複数いる。立っている者は手にアルコール入りのグラスを持ち、テーブルにかけた者の手にはトランプやダイスがある。

どのテーブルにも、蝶ネクタイをつけたスタッフがいた。

ジャラジャラと崩れるチップの山や、ルーレットを回すコールを聞いて、マリアの頭から血の気が引く。

「ギャンブル場ではありませんか。この国では、お金を賭けることは禁じられていますのに」

「だから隠れてやってるんだ。人前ではご立派に振る舞っている貴族たちも、こういうところに来て憂さ晴らしをしてる。あんたが知らないだけだ」

「嘆かわしいこと……」

集まっているのは若者が多い。

名家の出と思わしき男性は、仕立ての良いジュストコールをさらしている。

連れられている女性は皆、流行の小花柄のドレスを身につけているので、マリアが埋没しているのは幸いだった。

目立たないのは、エスコートしているレイノルドが、それとなく盾になって周囲から隠してくれているおかげでもある。

よほどのことがなければジステッド公爵令嬢だと気づかれることはないだろうが、あまり長居したくない場所だ。

「こんなところに連れてきて、わたくしをどうなさるおつもり？」

「あんた、変な呪いにかかってるみたいだから、荒療治するために来た」

「呪いなんて身に覚えがありませんけれど」

「自覚がないのが一番怖い。あのテーブルにしよう」

レイノルドは会場の隅にあったルーレットテーブルにマリアを座らせた。

若い男性ディーラーがホイールを回していて、周りに腰かけた客はチップを積み重ねている。

マリアは、他のテーブルと違ってここだけ年齢層が高いのが気になって、レイノルドに視線を送った。

「心配するな。このテーブルだけ他の一〇倍の勝負ができるだけだ」

「大問題ではありませんか。わたくし、初心者ですのに」

「俺の言う通りに賭ければ大丈夫だ」

ディーラーは、マリアに多額のチップを渡した。

赤と黒の二色に塗られた円いルーレットの溝には、0～36までの数字が書かれている。同じ数字のマス目がテーブルにあり、客は目当ての数字にチップをのせる。

ルーレットの球が賭けたマス目に入れば、倍額以上の配当が得られる。

ルールは簡単だが、的中させるのは難しそうだ。

「必勝法でもありますの？」

「初心者なら、赤か黒のどちらかに賭けるのがいいが、それではつまらない。0に全額」

「三七分の三六は負けますわよ。わたくしなら……赤に賭けますわ」

言い争っていると、18にチップの半分を置いた老紳士に嗤《わら》われた。

「ご令嬢、迷っているとツキが逃げますぞ。ギャンブルと恋愛は直感が大事ですからな。いいと思ったときにつぎ込まないと、チャンスは嵐のように過ぎ去ってしまうものです」

「ご丁寧にどうも」

お節介を焼かれてやけになったマリアは、手持ちのチップを全部0のマスにのせた。

ディーラーが勝負のホイールを回し、球を投じる。

すると、銀色の球はマリアが賭けた0に落ちた。

「か、勝ってしまいましたわ……」

「次は19、その次は24、次は7、そのあとは好きに」

レイノルドが囁《ささや》く通りに賭けると、必ず勝った。

おかげで、マリアの手持ちのチップはどんどん膨らんでいく。

あまりの勝負強さに、他のテーブルの客まで集まってきてしまった。

(目立ってはいけないのに……！)

五回目のチップを持ち上げた時、レイノルドに後ろから抱きしめられた。

「な、なんです、急に……」

「静かにしろ。左斜め後ろにいる青いジュストコールの男。あいつはお前からアルフレッドを奪ったプリシラの従兄弟《いとこ》だ。スート商会の急成長は、ほぼこいつの手柄らしい」

「！」

マリアの手に力が入った。

スート商会といえば、タスティリヤ王国に魔晶石を流通させようと企《たくら》んでいる会社だ。パーマシーが騙《だま》された投資話の元締めである。

スート商会の取締役は、一人娘のプリシラを通じて第一王子アルフレッドを動かし、魔法を解禁させようとしている。

レイノルドに顔を向ける振りをして、そっと後ろをうかがうと、シャツの衿《えり》を胸元まではだけさせた男性が、化粧の濃い美人を両脇にはべらせていた。

「ここで派手に負ければ、あちらから話しかけてくる。いい投資話がある、今の負けを取り戻してみないか、と」

「それが目的でしたのね」

レイノルドが、マリアをここに連れてきた理由がわかった。

しかし、なぜ彼が勝負に勝てるのかまでは見当がつかない。

五回目は好きにしていいと言われたので、マリアは少し考える。

今までの当たりは０、19、24、７。

法則性はない。レイノルドは未来がわかる能力でも持っているのだろうか？

それとも、マリアが気づいていない仕掛けでも施しているのか。

仕掛けがあるならテーブルか、もしくは――。

チラリとディーラーを見れば、艶《あで》やかに微笑まれた。

色っぽさに困惑していると、彼は悪戯《いたずら》っぽい視線をレイノルドに送る。

（……そういうこと）

マリアは、好きな数字である５にチップをのせる。

勝率なんてどれも変わらない。今回に限っては。

他の客が置き場を決めると、ディーラーがルーレットを回した。円周にそってくるくると回っていた球は、速度を弱めていき――なんと、５に入った。

「勝ったわ！」

「なんでだ」

まさか勝つとは思っていなかったレイノルドは、丸くした目を尖《とが》らせてディーラーを睨みつけた。

「お前……」

「私はなにもしていませんよ」

ディーラーは、笑顔でマリアのチップを増やしてくれた。

「幸運なお嬢さん、お連れの方が怖い顔をしておられますよ。そろそろ上がっては？」

「そうしますわ」

換金を頼んで席を立つ。

腕をほどいたレイノルドは「あいつ適当に回したな」と愚痴をこぼした。

仕掛けを見抜いたマリアは呆《あき》れてしまう。

「あのディーラーは共犯でしたのね。あなたが言った数に球が入るような小細工をなさったんでしょう？」

レイノルドは、勝ちを当てたのではない。

ディーラーに勝たせてもらっていたのだ。

五回目で負ける計画だったので、最後は操らずに回したら、マリアの強運で勝ちを引き寄せてしまったというわけである。

「人を手駒に使うなんて。噂通りの悪辣ぶりですわね。けれどご愁傷さま。わたくしは簡単に利用できる令嬢ではなくてよ」

「利用はしていない。ただ、どうせ復讐《ふくしゅう》するなら一枚噛《か》んでいた方が楽しいだろ」

「復讐ってなんのことです？」

マリアが眉をひそめるのを、レイノルドは愉快そうに見下ろした。

何を企んでいるのだろう。悪辣王子らしい表情は底が知れなくてゾクリとする。

「――素晴らしい勝ちだったね」

いきなり話しかけられてマリアはドキリとした。

会話に入ってきたのは、プリシラの従兄弟だという男性だった。

ニヤニヤした顔つきでマリアの勝負強さを褒めた後で、こう切り出す。

「新しい事業の出資者を探しているんだ。この国で魔法を使えるようになるかもしれない夢のような話に、興味はないかな？」


マリアとレイノルドは、話しかけてきた男と共に個室へと入った。

革張りのソファが置かれた室内には、酒が飲めるカウンターが付いているが、人払いをお願いしたのでバーテンダーはいない。

「それで、さっきの話だが」

スート商会の副社長と名乗った男は、上り調子の業績は全て自分の手柄だと語った。

これまで各職人が自分で売りさばいていた工芸品を、商会が買いつけて都まで運び、多少の色をつけて売った。

職人は製作時間が増えると喜んで割安の値段で売り、買い手は地方の名物が手に入ると勇んで大金を支払う。

差額がそのまま商会の取り分になるわけだ。

商売は大成功だったが、同じ商法でより安く売る商売人が増えてうま味が減った。

自称・先見の明がある彼が次に目をつけたのが〝魔法〟だ。

「タスティリヤ王国で魔法が使えるようになれば人々の生活が豊かになる。一般人が魔法を使うには『魔晶石』という宝石が必要だ。

国内に流通させるために、まずは十分な量を買いつける必要がある。その資金を信用できる方々にお願いして集めているんだ」

「この国では魔法は禁じられておりますわ。買い手がいるとは思えないのですけれど」

「まだ公にはされていないが、近く魔法は解禁されるんだ。それに合わせて売り出せば、利益をスート商会が独占できる。

投資の見返りとして、五倍から一〇倍の配当金を予定している。だいたいの金額を算出しようか？」

「その前に、解禁になる理由をお聞きしてもよろしくて？」

マリアが問いかけると、偉そうにふんぞり返っていた男は、前のめりになって声のボリュームを落とした。

「ここだけの話にしてほしい。第一王子が『魔法が使えるようになれば国はより豊かになる』と気づいたんだ。魔法を固く禁じる王や王妃を出し抜いて、この国に革命を起こそうとしている」

パーマシーが話していた内容そのままだ。

マリアは、知っていたとバレないように必死で表情を取りつくろった。

「たしかに、魔法が使えたら生活は楽になるでしょう。けれど確実に悪用されます。魔法を使った犯罪が多発して国が乱れたために全面禁止された歴史を、第一王子がお忘れになるとは思えませんわ」

「歴史を知った上で、外国で使用されているなら我が国で解禁しても安全だ、と思っておられる。スート商会も同じ考えだ。我らは共闘しているんだよ」

共闘と言えば聞こえがいいが、アルフレッドがスート商会の手先になっているのは一目瞭然だった。

（わたくしがおそばにいたならば、そんな愚策はおやめくださいと諫《いさ》めますのに……）

以前のアルフレッドなら、優秀な側近たちがいて、彼のやることが度を超さないように注意していた。

無能な彼に良い評判がついて歩くのは、献身的な側近が多いおかげである。

「第一王子がそうお考えでも、側近たちが認めないでしょう」

「側近は第一王子の元を離れたそうだ。幼い頃からの婚約を自分の一存で破棄する主《あるじ》は信用できないと、いっせいに辞表を叩きつけたとか。もったいないことをする連中だな」

「なるほど……」

側近に見放されて、アルフレッドはプリシラの傀儡《かいらい》になってしまったのだ。

マリアは、仮面が外れないように注意しながら隣のレイノルドを見た。

第二王子の彼は、双子の兄が孤立していることを知っていたはず。

（わたくしに言わなかったのはなぜ？）

レイノルドの意図を考えるマリアに、男は急《せ》いた様子で話しかけてくる。

「どうだろう？　投資してもらえるだろうか？」

「今日の勝ち分をお渡ししましょう」

得体の知れない投資には近づかない方がいいが、すでに詳しく聞いてしまった後。

この場で拒否すれば殺される可能性がある。賛同した振りをしておくのが得策だ。

幸い、ここは身分を隠して利用できるギャンブル場なので、マリアの手を介さずにお金を動かすことができる。

大喜びした男は、マリアの屋敷に契約書を持っていくと言い出した。相手の住所を知っておいて、いざという時のスケープゴートか口止めに使う作戦だろう。

（そうはいきませんわよ）

マリアは、にっこり微笑んでパーマシーの住所を教えてあげた。

清々《すがすが》しい風が吹く丘に、マリアとレイノルドは立っていた。

城下町を見下ろせるここには、ハートの木という変わった樹木が生えている。

木の根元が二つに分かれて伸びており、互いの枝が折り重なってハート型の枠のように見えるのだ。それにあやかってか、ここに願った恋は必ず叶《かな》うと言われていた。

「どうして、わたくしをここへ？」

「今日、あんたを落とすって言っただろ。兄貴との思い出を上書きしてやる」

ハートの木がある丘は恋人の聖地となっており、ここでプロポーズを経験した民も多くいる。かくいうマリアもアルフレッドと訪れたことがあった。

お忍びで、なんてロマンティックな事情ではなく、市街の視察に付き添ったついでである。

当時はお互いに一〇歳。

アルフレッドは恋愛よりも遊ぶのが好きだったので、マリアとは手も繋がなかった。

ジルや侍女たちから、恋人の聖地について聞いていたマリアは、ここで婚約者から『好き』と言ってもらえる展開を夢見て、入念にお洒落《しゃれ》してのぞんだのだが……。

「上書きしなければならないような思い出はありませんわ。アルフレッド様は、ハートの木に登ってはいけないとわかると、丘を駆け下りていってしまいましたもの」

「それからどうした？」

「その後は、たしか」

木の前に残されたマリアは、悲しかった。

公爵令嬢たる自分が人前で泣いてはいけないとわかっていたから、こぼれ落ちそうになる涙をぐっとこらえて、ハートの木を見上げて――

『泣かないで、マリアヴェーラ』

忘れ去っていた記憶の奥底から、誰かの声が聞こえてくる。

『ぼくが兄の代理になります。あなたの恋が叶うように、二人でハートの木に願いをかけましょう』

あの時、目を赤くしたマリアの隣で手を組み、一生懸命に願ってくれたのは。

いつもアルフレッドに付き従っていた、白銀色の髪の――

「あ……」

「思い出したか？」

驚くマリアを見下ろして、レイノルドは青い目を細めたのだった。

閑話　第二王子のぼやき

生まれた時からレイノルドは二番手だった。同じ母から生まれて、性別も年齢も誕生日も同じなのに、取り上げられた順番がどこでも物を言った。

第一王子の兄には、たくさんのものが与えられた。

従者も有能だったり気がつかえる者は兄の方へ。

弟の方には、仕える なら第一王子がよかったと愚痴をこぼす者ばかり。

兄と机を並べて家庭教師に勉強を教わっても、花丸をもらえるのは兄で、もしも兄が間違っていたら弟の方は正解していても丸なんかもらえない。

もしも弟が褒められたら、兄が癇癪《かんしゃく》を起こして皆が困るからだ。

レイノルドはそれらを仕方がないと諦めていた。

弟は、兄にくっついて生まれてきた、おまけなのだ。

兄といっしょに生まれてしまったから、城で育てられているだけである。

現に、国王である父は兄としか会いたがらない。

ごくたまにレイノルドが拝謁する時は、勉強はどうだ、とか、生活は楽しいか、とか、当たり障りのない問いかけに答えて終わる。

兄のように膝にのせてもらって会話した経験などなかった。

国も、兄に継がせるだろう。

兄は次の王になる。では、自分は何になったらいい？

レイノルドは兄の補佐になろうと思った。

双子の弟にしかできないことは、たくさんある。

たとえば、ティータイムのお菓子は大きい方を兄に譲るとか、悪戯を代わりに叱られるとか。そういう行動をとると、兄はレイノルドを自慢の弟だと褒めてくれた。

影のように兄に寄り添っていると、周りはレイノルドをアルフレッドの行く先々に同行させるようになった。

城外の視察。挨拶回りのパーティー。名前しか知らない貴族との面会。

行く先々で兄に尽くしていたレイノルドは、時々現れる女の子に気づいた。

亜麻色の髪とはっきりした目鼻立ちが美しい彼女は、ジステッド公爵家のご令嬢で、兄の婚約者だった。

彼女も、生まれた時からアルフレッドに付き従う運命を決められていた。

（ぼくと同じだ……！）

彼女なら、自分の気持ちをわかってくれるかもしれない。

レイノルドは、たまに会える彼女を目で追うようになった。

兄は気づいていないみたいだけれど、彼女は兄の行動に一喜一憂していた。

兄に振り回されると涙をこらえたり唇を噛んだりする。

でも、兄が花を摘んで渡してあげると、太陽のような笑顔を見せた。

（なんてかわいい人なんだろう）

いつの間にか、レイノルドは彼女を好きになっていた。

将来、彼女が兄の妃になる日を思うと胸が苦しくなった。

雪みたいに白くて細い薬指に指輪をはめるのも、淡く色づいた小さな唇に誓いのキスをするのも、寒い夜に寄り添い合うのも自分ではない。

どうして自分は兄ではないのだろう。初めて、弟に生まれついたことに腹が立った。

彼女を大切にしない兄に怒りを覚えることすらあった。


ついにレイノルドが兄を見限ったのは、ハートの木がある丘へ行った時。

恋を叶えると評判の場所を、兄と共に訪れた彼女は、一目で気合いが入っているとわかる装いだった。

フリルがふんだんにあしらわれた白いドレスは清楚《せいそ》で、薔薇のヘッドピースから垂れ下がるレースリボンは花嫁のベールのようだった。

まだ一〇歳ながら、巻いた髪が風になびく様には気品があり、赤く染まった頰とすまし

た唇が綺麗だ。表情は少し緊張していて、兄を見る瞳は熱い。

だが、ハートの木に登れないと知った兄は、遊具のある広場に走り去ってしまった。

愛の告白を待っていた彼女を置き去りにして。

『……っ』

必死に涙をこらえる彼女をレイノルドは見過ごせなかった。

『泣かないで、マリアヴェーラ』

レイノルドは言った。兄の代わりになると。この恋を叶えるハートの木に、兄と彼女が幸せになれるように祈ると。

彼女は、それを受け入れてくれた。

彼女と並んで祈っている間、レイノルドは気が気ではなかった。

バクバクとうるさい心臓の音が聞こえていないだろうか。

ただの婚約者の弟らしく振る舞えているだろうか。

兄の婚約者に弟が恋をしていると、誰かに気づかれないだろうか。

(気づかないで)

レイノルドはハートの木にそれだけを祈った。

兄と彼女の恋なんて、もはやどうだってよかった。

この身に秘めた恋心だけを守って生きていければ、それでいい。

兄に褒められなくても、国王に気にされなくても、側近の口が悪くたって知るものか。

レイノルドは、一転して不良少年へと変わった。

まず、兄に随行するのをやめた。

周りの大人の話は話半分に聞いたし、貴族が通う学校に入れられても授業をサボって街へおもむき、酒の味や小金の稼ぎ方やあくどい連中との渡り方を学んだ。

教室に行くと、嫌でも兄と彼女がいっしょにいるのを見なければならない。

二人が談笑している場面に遭遇すると、胸がぐちゃぐちゃにかき乱された。

いっそ第二王子の身分を捨てたら楽になるだろうか。

学校を卒業したら、誰も知らない場所へ行き、静かに暮らそう。

そう決めて、学校で最後の昼寝をしていた時に、彼女が現れたのだ。


マリアヴェーラはあの日、自分が止めたはずの涙をぼろぼろとこぼしていた。

兄が泣かせたと直感でわかった。

そうでなければ、あんな風に手は差し伸べなかっただろう。

『いっそ、俺と婚約するか』

彼女はびっくりしていた。

ハートの木の前で声をかけた、一〇歳の頃を思い出させるような、かわいい表情で。

第三章　あばかれる詐欺魔法

「──それで、あんたにプロポーズした」

レイノルドから過去を聞かされたマリアは戸惑っていた。

ハートの木に向かって、恋が叶うように祈った記憶はある。

だが、隣にレイノルドがいたことは今まで忘れていた。

(わたくしを、ずっと想っていた?)

レイノルドは、そんな素振り少しも見せなかった。

マリアが卒業パーティーで婚約破棄されて、裏庭の奥の奥で大泣きするまで、会話の一つもしなかったのだ。

彼にとって、あの日、マリアに出会えたのは最後の幸運だったのかもしれない。

もしもあそこでマリアが泣かなければ、レイノルドは全てを捨てて行方《ゆくえ》をくらましていたはずだ。

「事情を話してくださってありがとうございます。貴方が、わたくしを憐れに思って求婚されたのではなくて、ほっとしましたわ」

「では、俺と」

婚約してくれるか。その声に被るように、張りのある男性の声がした。

「レイノルド？」

声の方を見ると、アルフレッドがプリシラと腕を組んで立っていた。

仲むつまじく寄り添った二人は、聖地に似つかわしい恋人だった。

マリアは、ぱっと後ろを向いて被ったスカーフを握りしめた。

（どうして、アルフレッド様がここに⁉）

「お前がこんなところにいるなんて驚きだ。しかもご令嬢もいっしょとなれば喜ばしいことだ。よければご挨拶したい。

ご令嬢、私はレイノルドの兄のアルフレッドです。この国の貴族であればご存じかとは思いますが……」

足音が近づいてくる。

身を硬くするマリアを、レイノルドは腕をかざしてかばった。

「挨拶は必要ない」

「必要ないとはなぜだ？　私はお前の兄だぞ。第二王子と結婚するかもしれない方であれば、見知っておくのが当然だろう。

プリシラのことも紹介したい。彼女は王太子妃になるので、お前の妃とも仲良くしてもらいたいのだ」

「兄貴。あんた、本当にその女でいいのか？」

レイノルドが質問すると、アルフレッドの足が止まった。

「その女、とはプリシラのことか？」

「他に誰がいる」

「プリシラをこの女呼ばわりとは……！　彼女は、もうじき開かれる婚約式典で、私の正式な妃候補となるのだぞ。いくら双子の弟でも許しがたい。不敬だ、謝れ！」

「あんた、俺も王子だってこと忘れてるだろ。どっちが不敬だ」

第一王子の恋人でしかないプリシラは、第二王子が「この女」呼ばわりしても不敬を問われるような身分にない。

だが、頭に血が上ったアルフレッドには言ってもわからないようだ。

アルフレッドは、帯剣に手をかけて、唾をまき散らしながら怒鳴る。

「第二王子の身でありながら城を抜け出し、民草とばかり連れだっているお前が、私に口答えするんじゃない！　私の行いが間違っていたことなど、過去に一度もない。私が不敬と言ったら不敬なのだ。謝らなければ斬る！　いいか、本気だぞ!!」

いきどおる兄を見て、レイノルドはうんざりと肩をすくめた。

「……もう百年の恋も冷めただろ。俺にしとけ」

「お言葉ですが、レイノルド様。わたくしのそちらへの想いは、とっくに冷め切っておりましてよ」

マリアが振り返ると、剣のつかを握っていたアルフレッドの表情が引きつった。

「マリアヴェーラ！」

「卒業パーティー以来ですわね、アルフレッド王子殿下。お元気そうで何よりですわ。プリシラ様ともいっそう打ち解けていらっしゃるご様子で安心いたしましたわ」

微笑みかけると、プリシラはアルフレッドの腕にしがみついた。

まるでマリアが大剣を振り回して脅しているかのようだ。

高嶺の花扱いには慣れたものだが、そんなに怯《おび》えられたら傷ついてしまう。

傷つくと言いながら、冷たく笑えるのがマリアの高嶺の花たる由縁だが。

「そんなに怯えなくとも何もいたしませんことよ。わたくし、もう用事は終えましたもの。ここは第一王子殿下と未来のお妃様にお譲り申し上げますわ」

せっつくようにレイノルドの腕を引いて、馬車を待たせた広場に向かう。

すれ違いざま、アルフレッドがたまらずといった顔で話しかけてきた。

「私に婚約破棄されたから弟に乗り換えるとは、上手くやったものだな。やはり私の見立ては正しかった。君と結婚することにならなくて本当によかった！」

「奇遇ですわね。わたくしも、まったく同じことを考えておりました」

負け犬の遠吠《ぼ》えではない。

マリアは、アルフレッドの妃にならなくてよかったと、心の底から思っていた。

(この愚かな人のせいで、国が転機を迎えようとしている。嘆かわしいわ)

質素な馬車に乗り込んでスカーフを外し、握りしめて窓の外を見る。

穏やかな陽気に包まれた平和な国は、魔法が解禁されたらどんな風になってしまうのだろう。

「レイノルド様。アルフレッド様とプリシラ嬢の婚約式典に、第二王子として招待されておいでですわね?」

「ああ。国王も王妃も宰相も、この国で重要な人間は一人残らず出席する。あんたの父親であるジステッド公爵も来るはずだ。それがどうした?」

「わたくしも同席してよろしいかしら。第二王子から求婚を受けている者として、見劣りしない自信はありますわ」

覚悟は決まった。高嶺の花としての人生に、ここで終止符を打とう。

派手に咲いた大輪は見事に散るのが相場である。

大きな花びらがヒラヒラと落ちていくように、マリアヴェーラ・ジステッドという公爵令嬢も散る時が来たのだ。

凛《りん》とした顔つきを見せられたレイノルドは、喉をごくりと鳴らした。

「兄貴のために、スート商会の悪事を暴くつもりか?」

「アルフレッド様のため？　まさか！」

マリアは高らかに笑い出した。

笑いすぎて、レイノルドが心配するほどに笑った。

「大丈夫か」

「ええ、もちろん。でも、これだけは覚えておいてくださいませ。わたくしは、わたくしが幸せになるために行動する。それだけですわ」


第一王子の婚約式典には、タスティリヤ王国の要人が集められていた。

花で飾られた講堂の玉座には国王がいて、見下ろす位置に正装のアルフレッドとドレス姿のプリシラが平伏している。

国王に認められれば、二人は晴れて婚約者だ。

早ければ明日から結婚式への準備が始められる。

王子の結婚式は国家をあげての式典になる。

儀式がつつがなく執り行われるように、アカデメイア大陸中から来る参賀者を迎えるために、入念な準備が必要なのだ。

冠をかぶった国王は、王笏《おうしゃく》を立てて言い放った。

「第一王子アルフレッドとプリシラ・スートの婚約をここに認め――」

その時、ガタンと椅子が倒れた。

「お待ちください、国王陛下」

貴族席に一人立ち上がっていたのは、ジステッド公爵令嬢マリアヴェーラだった。

肩が出るドレスは幾重ものレースが折り重なった豪華なもの。当人の美しさもあり、立ち上がるだけで大輪の薔薇が花開いたような華やかさが広がった。

集まる衆目に向けて、マリアは手にした扇のかげで微笑んでみせる。

「式典の最中にお騒がせして申し訳ございません。二人の仲を認める前に、少々お時間をいただいてもよろしいでしょうか。茶番を見せられているのが苦痛で仕方ありませんの」

「私とプリシラの邪魔をするというのか！　嫉妬は見苦しいぞ」

「アルフレッド様。嫉妬するような恋人たちがここにいまして？」

マリアは、席を抜けて講堂の中央に出ると、ドレスをつまんで国王にお辞儀をした。

「ジステッド公爵家のマリアヴェーラ・ジステッドでございます。このたびの第一王子殿下のご婚約に異議を申し立てるためにまいりました」

「マリアヴェーラ、何をしている。戻れ！」

父ジステッド公爵の怒声が飛んできたが、マリアは笑顔で答える。

「お父様。口のきき方にお気をつけくださいませ。わたくしには、第二王子レイノルド殿下という最強の後見がついておりますのよ」

レイノルドは、王族席の後方の壁に寄りかかっていた。

鋭く睨まれた公爵は、口を閉じて座席に縮こまる。

これでマリアが上がる舞台は整った。

「わたくしは、第一王子殿下とプリシラ様のご婚約に反対いたします。プリシラ様のご実家であるスート商会は、タスティリヤ王国に魔晶石を流通させる野望を持っています。

プリシラ様は、魔法を解禁させるためにアルフレッド様に取り入ったのです」

「私は取り入られてなどいない！　外国では当たり前のように使われている魔法があれば、タスティリヤ王国はより栄えるだろう。解禁しようとしているのは私の意思だ！」

胸に手を当てて主張するアルフレッドを無視して、マリアは国王に話しかける。

「この調子では、国王陛下も手を焼かれておいででしょう」

「まさしくそうだ。アルフレッドに魔法を解禁するべきだと進言されて、そのたびに咎めている。スート商会が陰で糸を引いていたのだな」

「商会は、魔晶石を買いつける資金を集めるために、お金持ちを見つけては投資を迫っていました。名家の若君が破産しそうなほどつぎ込んで、婚約者にまでお金をせびっていた件も確認しておりますわ。

ひょっとしたら、この中にも『魔法が解禁される』という甘言に騙されて、投資してしまった方がいるかもしれませんわね？」

マリアが問いかけると、列席した貴族のあちらこちらに、明後日の方向を向いたり、うつむいたりする人々がいた。宰相もやってしまったらしく、自分は関係ありませんと言わんばかりに口笛を吹いている。

玉座からは、投資話に乗ってしまった人々の焦りがよく見えたはずだ。

これなら余計な説明はいらないだろう。

マリアは扇を閉じて、アルフレッドにひっついているプリシラに目を向けた。

「アルフレッド様に取り入って魔法を解禁させれば、魔法を使うために必要な魔晶石は飛ぶように売れて、スート商会が大もうけする。素敵な筋書きですわね」

「マリアヴェーラ様、酷いことをおっしゃらないでください。わたしは、アルフレッド様を騙すつもりなんてありません。家業は関係なく、自分の意志でお慕いしているのです」

「プリシラ……！」

感動したアルフレッドが彼女を抱き寄せた。

すると、壁際のレイノルドが吹き出した。

双子の弟の失礼な態度に、アルフレッドは烈火のごとく怒る。

「いい加減にしろ、レイノルド。彼女に失礼な真似《まね》は許さないぞ！」

「兄貴。あんた、新しい婚約者の身元は確認したのか？」

「身元だと？　スート商会のご令嬢だということは、お前も知っているだろう」

「言われたことを信じるなら子どもでもできる。王族の婚姻は一大事業だ。王子の婚約者は、出生からこれまでに汚点がないかつぶさに調べて、ふさわしい相手か見定める必要がある。

今まであんたの側近が、勝手にやってくれてたことだ。そいつらが去ってしまったなら、別に命じて探らせるべきだろ。やったのか？」

長々と問い詰められて、アルフレッドは戸惑った。

「や、やってない……。だが、こんなに可憐でか弱いプリシラに、後ろ暗い過去があるはずはないだろう！」

「ええ。プリシラ様に、後ろ暗い過去はありませんわね」

マリアが加勢したので、アルフレッドは顔色を明るくした。

「ほらみろ！　マリアヴェーラもこう言っているぞ！」

「後ろ暗いどころか、そもそも過去がありません。プリシラ・スートという女性は、この世に存在しませんわ」

「は？」

マリアは、ドレスの胸元に差していた、スート家の家系図を取り出した。

「スート商会では、取締役の甥《おい》が副社長についています。分家筋からも多数の働き手を入れているようですわ。

一族経営であれば本家の子息が重役につくのが普通なのに、なぜそうしないのか。理由は簡単でした。取締役に子どもがいないからです」

「子どもがいない？　では、プリシラは養子なのか？」

「いいえ。スート商会の人間に間違いはありませんわ」

マリアはアルフレッドに近づいていくと、ふいに扇を放って彼らの注意を逸《そ》らした。

「アルフレッド様に教えて差し上げます。魔法が悪用されるとはどういうことなのか」

手を伸ばして、プリシラの首にかかっていた白い宝石のネックレスを引きちぎる。

すると、ふわっと彼女の周りが光った。

ベールのように体を包んでいた光は、砂へと変わって床に落ちていき、やがて――でっぷりと太った中年男性が姿を現した。

びっくりしたアルフレッドは、手を振り払って剣を抜く。

「なんだ貴様⁉」

「その方がスート商会の取締役ですわ。アルフレッド様に取り入るため、この魔晶石で可憐な少女の姿に化けて、一人娘プリシラを名乗って学園に入ったのです」

マリアは、奪い取ったネックレスを揺らした。

タスティリヤ王国の人間にはただの宝石に見えるが、これこそ魔晶石だ。

「そんな……。私の愛したプリシラが、存在しなかったなんて……」

へなへなと座り込むアルフレッド。

逃げようとした取締役は、ドレスの裾につまずいて転ぶ。

ざわつく衆目を静めるため、国王は大声で呼びかけた。

「静粛に。このたびの婚約式典は中止とする！　その者を捕らえよ！」

プリシラだった男性が、騎士によって連行される。

これで解散だなという空気がギャラリーに流れたが、マリアはその場で腰を落として希《こいねが》った。

「国王陛下、もう少しだけお時間をくださいませ。わたくしがスート商会の企みに気づく以前から、疑いを持って彼らを追っていた人物がいました。第二王子のレイノルド殿下です」

マリアが名を出すと、衆目がいっせいに壁際に向いた。

そこに立っていたレイノルドは、不満そうに眉根を寄せる。

「話が違う。プリシラの正体を暴いて終わりにする手はずだろう」

「せっかく国内の要人が集まっているのに、ただ悪事を暴いて帰すとでも？　わたくし、やるからには完璧にしないと気がすまないのですわ。どうぞこちらへ」

大きな溜め息をついて、レイノルドは壁を離れた。

コツコツという足音に耳を澄ませて、マリアは国王へと視線を戻す。

国王も王妃も困った表情をしていた。

この期に及んで第二王子まで醜聞をさらされるのかと思っているのだろう。

悪いが、もうマリアは止まれない。

「ご周知の通り、レイノルド様は悪辣王子と呼ばれています。素行が悪いことで有名で、町の悪党たちとも仲がよろしい。

彼は、ギャンブル場に顔を隠した貴族が出入りしていることも、スート商会が魔晶石をだしにして彼らに投資を呼び掛けていることも知っていました。

ですからアルフレッド様にプリシラ・スートが近づいていると察知した時、誰より早くその意図を理解したのです」

アルフレッドに婚約破棄されて大泣きしていたマリアに、レイノルドはこう言った。

――半年ほど前から、プリシラとかいう下級クラスの女子とコソコソ会っていた。いずれこうなるとは思っていた――

「レイノルド様は、全ての悪事を見越した上で、アルフレッド様がプリシラ・スートに魅了されていくのを止めなかった。その方が、彼に利があったからですわ」

「身に覚えがない」

「思い出させてあげますわ。あの日、貴方は偶然にも婚約破棄されて泣くわたくしの前に現れた。ですが後から思い返してみれば、裏庭の奥の奥で昼寝なんて珍しいこと。

そこから推察するに、貴方はわたくしが卒業パーティーの最中に婚約破棄されると知っていて、表で待っていたのでしょう。

わたくしが裏庭に下りていったから、急いで林を抜けて、たまたまそこに居合わせたように出てきて求婚した。違っていて？」

「…………ちっ」

図星だったらしい。

立ち止まったレイノルドを、アルフレッドはわなわなと震えながら見上げた。

「レイノルド、お前は私の婚約者に恋をしていたのか？　マリアヴェーラを手に入れるために、スート商会の悪事を見逃していたのか？」

「何が悪い。俺は悪辣王子らしく振る舞っただけだ」

レイノルドは、今までの鬱憤を晴らすかのように周囲を睨んだ。

「お前らみんな、俺にそういう人間であってほしいと願っていただろう。争いなく兄へと譲位を進めるためには、弟が落ちこぼれればいいと思っていただろう。なぜ都合がいいときにだけ俺に善意をねだる？」

王子たちの周りにいた大人は、レイノルドを出来の悪い弟に仕立て上げようとした。

レイノルドもそれに甘んじて生きる道を模索していた。

だが、第二王子は変わった。マリアに恋をしたせいで。

レイノルドは、ぐっと拳を握りしめて思いの丈を吐き出す。

「俺は二番目でかまわない。玉座も名誉も何もかも兄貴に譲ってやる。だが、マリアヴェーラだけは渡せない。彼女だけは、俺が、この手で幸せにしてみせるって決めたんだ！」

「と、いうわけですわ」

パンと両手を合わせて、迫真の告白をさえぎったマリアは、広げた扇に紙をのせて玉座に持っていった。

「国王陛下。これはアルフレッド様に愛想を尽かして、側近を離れた者たちの署名です。スート商会の内部調査に並行して探しておきましたの。

わたくしの独断ですので、レイノルド様はご存じありません」

元側近たちを見つけ出すのは容易《たやす》かった。

たどる気になれば、すぐ会いに行けるような王都の近くに暮らしていたからだ。

「国王陛下は、アルフレッド様を次の王にするつもりで、彼の治政を支える優秀な者たちを側近につけておられましたね。いっせいに辞めたと聞いてお困りになられたでしょう。

彼らに代わる素晴らしい人材は見つけるのが困難ですし、これから教育するには時間がかかります。ですから、わたくしは彼らと交渉してまいりました。

愚かな第一王子ではなく、優秀な第二王子に仕えてくれないかと」

署名を手に取った国王は、ふむと口髭を撫《な》でた。

「それで、元側近たちはなんと？」

「レイノルド様の下になら戻ると約束してくれました。皆さん、第一王子より第二王子の方が優秀だと気づいておられましたわ。彼らの代弁者として、ここで進言いたします」

扇を閉じたマリアは玉座から離れて旋回すると、両手でスカートをつまみ、それはそれは美しい所作で深く腰を落とした。

華やかなドレスが、ふわりと開いて広がる。

「第二王子レイノルド殿下を、第一位の王位継承者に。そうすれば、この国は魔法などなくても栄えるでしょう」

マリアの言葉に、講堂に集った人々がざわついた。

ただの公爵令嬢が、国の方針をひっくり返そうとしている。

賛同者はいないと思われたが――それまで沈黙していた王妃が、にこりと微笑んで国王に耳打ちした。

すると、国王の顔つきも楽しげに変わる。

「高嶺の花に見初められた王子が国を動かすか……。面白い」

呟いた国王は、王笏を支えに立ち上がった。

集まった貴賓たちを見回しながら、重みのある声を響き渡らせる。

「第二王子レイノルドに、第一位の王位継承権を与える！　第一王子アルフレッドは第二位に降格する。心を入れ替え、レイノルドの側近の側近として学ぶように」

「俺が……兄貴よりも上に？」

レイノルドの震える声が聞こえていたマリアは、ここで枯れてもかまわないと思った。

元より国王に進言する資格などない。

地位も権力も持たない令嬢が王位に口を出すなんて、あってはならないことだった。

今ごろ、父は席で青くなって泡を吹いているに違いない。

「マリアヴェーラ・ジステッド公爵令嬢」

「はい」

国王に名を呼ばれて、マリアはひざまずいた。

言い渡されるのは、処刑か、禁固刑か、それとも流罪か……。

緊張しつつ待っていると、予想外の展開が待っていた。

「そなたにはレイノルドを支えてもらいたい。第二王子の妃となってはくれまいか？」

「それは……」

王位継承権第一位の王子との結婚は、貴族令嬢にとっての最上の出世コース。

けれど自分の心が求めるのは、そういう思惑とはほど遠い、おとぎ話のような展開だ。

「……申し訳ございません、国王陛下。わたくし、恋した相手と結婚すると決めておりますの。ですから、レイノルド様」

マリアは立ち上がって、レイノルドの手を両手でつまんだ。

「わたくしと恋をしてくださいませ。みんなが嫉妬するような、かわいらしくて切なくて、胸が張り裂けそうな大恋愛をしたいのです。貴方に応えることができまして？」

「はっ。わざわざ聞くことか」

レイノルドはいつも通り勝ち気で、それでいて、今まで見せたことのない幸せそうな表情でマリアを見返した。

「あんたと最高の恋をしてやる。マリアヴェーラ、俺の花嫁になってほしい」

「よろこんで！」

マリアが応えると、見守っていた人々から歓声があがった。

喜びに突き動かされたレイノルドは、マリアを抱え上げて一回転すると、ぎゅうと抱きしめてきた。

マリアは、レイノルドの胸に顔をうずめて笑う。

彼女が見せた最高の笑顔は、人々に敬われる高嶺の花らしくない、けれど野に咲く花のようにかわいらしいものだった。

《第一部完》

第二部

第一章 せいじょは結婚反対

「――〝稀代《きだい》の悪女〟〝火事場の泥棒猫〟〝枯れぎわを知らない毒花〟。これが誰を指し示しているのかわかるか、マリアヴェーラ？」

「申し訳ありません。わたくし、さっぱり見当がつきませんわ」

革張りの椅子で書類に目を通す父親に向かって、マリアは艶然と微笑みかけた。

ジステッド公爵家の書斎は、北向きに窓があるので昼間でも薄暗い。

しかし、華やかな容貌を持つマリアだけは、内側に火でも灯《とも》っているかのように目立っていた。

天使の輪のような光沢が滑り落ちる亜麻色の髪、アーモンド型の瞳は孔雀《くじゃく》の羽根のようなまつ毛にいろどられている。ツンと高い鼻や輪郭のはっきりした唇は、薄化粧でも主張が強い。

派手な顔立ちとスラリと高い身長を持ち、気品に満ちたマリアの容貌を、人は〝高嶺の花〟と呼んで持てはやした。

普段と変わりなく持ち前の武器を輝かせる娘に、堅物の父は激昂《げっこう》する。

「見当がつかないなどとよく言えたな。全てお前のことだぞ！」

力任せに投げつけられた調査書の束が、宙でほどけて書斎に紙の雨を降らせた。

「社交界に耳を傾けてみろ。どこもお前の話で持ちきりだ。第一王子から婚約破棄を告げられたジステッド公爵令嬢は、復讐のために第二王子を誘惑して求婚させ、裏で手を回して第一位の王位継承権を取り上げたのだと！

ジステッド公爵家を〝泥棒猫の家〟だなどと言う民草もいるそうだぞ！」

「口さがない連中だこと」

酷い言い草にマリアは笑ってしまった。

だが悪評を正そうという気は毛頭ない。

第一王子に婚約破棄されたのも、入れ替わるように第二王子に求婚されたのも、彼が王位継承権第一位となるように暗躍したのも、本当のことだ。

復讐のためではなかったが、顚末《てんまつ》は同じ。

今さら何を訂正する必要があるというのか。

「お言葉ですが、お父様。わたくし小市民の噂ごときでは寝込みませんわ。ジステッド公爵家も、ただの噂で土壌が揺らぐような軟弱な家系ではございません。

愚か者には罵らせておけばよろしいのです。喉元を過ぎれば皆、わたくしのことなんて忘れますもの」

「これで第二王子の寵愛《ちょうあい》が遠のいたらどうする！」

「ありえませんわ」

マリアは、ドレスに引っかかった調査書を手で払い、さっそうと身をひるがえした。

「レイノルド様とわたくしは、恋をしているのですよ?」


第二王子レイノルドとジステッド公爵令嬢マリアヴェーラは、国王に認められた婚約者同士だ。

無能な第一王子アルフレッドの影に埋もれ、有能さを発揮できずにいたレイノルドは、マリアの進言により第一位の王位継承権を与えられた。

いずれ彼は国王になる。

そして、万事とどこおりなく進めばマリアは王妃に。

王侯貴族の結婚は政略的に行われるが、二人の間には、お互いの家の利害関係以上に大切な繋がりがあった。

それが、恋だ。


「マリアヴェーラ様。お手紙が届いております」

自室に戻ったマリアに、侍女のジルが一通の封筒を差し出した。

白い封筒の四方には黄色い花々が描かれている。

花に埋もれる宛名は『愛《いと》しい恋人へ』。

ひっくり返すと荒っぽい字で『レイノルド・フォン・タスティリヤ』と記されていた。

男性が使うにはかわいらしいレターセットなのは、マリアの趣味に合わせているからだ。

マリアは、見た目こそ高嶺の花だが、野の花みたいにささやかで愛らしいものが好きなのである。

「こんなに早く返事をいただけるなんて」

うきうきしながらペーパーナイフを取り上げて封を開ける。

引き出した便箋にも、黄色い花が咲いていた。

こぢんまりとした愛らしさに、マリアの口角は自然と上がる。

書かれていた内容は単なる城での日常だ。国王と食事をとったとか、側近とのポーカーで大勝ちしたとか、レイノルドに興味がなければ面白みがない話題ばかり。

だが、マリアはどんなに些細《ささい》な内容だって嬉《うれ》しかった。

レイノルドが、自分に伝えるために、わざわざ筆をとって書いてくれたのだから。

頬を紅潮させて手紙を読み返すマリアを、ジルは微笑ましく見つめる。

「レイノルド王子殿下が筆まめな方だとは思いませんでした。悪辣王子というくらいですから、マリアヴェーラ様が手紙を送っても捨て置かれているものとばかり」

「筆まめな方ではなくてよ。返事が早いのは、わたくしを喜ばせるためだわ」

マリアが手紙を送ると、二日と経たずに返事が来る。

マリアも負けじとすぐに返事を書くので、文通のようになっていた。

返事がすぐに来たら誰だって嬉しい。かわいらしいデザインのレターセットを使ってくれるのもそうだ。

マリアを喜ばせたいという心配りを、手紙のあちこちから感じる。

「レイノルド様は、わたくしがどんなことで嬉しくなるのか、ちゃんと見てくださるの。わたくし、レイノルド様となら本物の恋ができる気がするわ……」

離れていても相手を想像して、小さな思いやりを積み上げていく。

一人よがりではなく、二人がかりで手探りしながら、ゆっくりと形作っていく。

いじらしくて、もどかしくて、胸がきゅんと鳴る、こんな恋を、マリアはずっとしてみたかった。

「マリアヴェーラ様にとって恋が何より大事なのはわかりますが、ご自分のお立場をお忘れなきよう。妃候補としての日々は多忙でございます」

「わかっているわ。今日は歴史学のコベント教授とお会いして、婚約披露パーティーで着るドレスのための採寸ね。それが終わったら、ご婦人が集まる社交サロンに顔を出すから準備しておいてくれるかしら」

「急な外出ですね」

いぶかしげなジルに、マリアは微笑みかける。

「お父様の耳に届くくらいの大声でわたくしの悪評を立てているのは誰なのか、気になってしまったのよ」

手紙を胸に当てて、何やら悪巧みをする彼女の笑みは、見慣れているジルでさえゾッとするほど美しかった。


天使の天井絵が描かれたサロンには、色とりどりのドレスでめかし込んだ令嬢たちの姿があった。

白いクロスを引いた長テーブルで、薫り高い紅茶をすすり、三段皿に盛ったケーキや焼き菓子を口に入れながら、とりとめもない会話に興じている。

「ねえ、お聞きになりまして。稀代の悪女の噂！」

「ジステッド公爵令嬢のことなら、第一王子に婚約破棄されて、即座に第二王子へ乗り換えられたとか」

「王子の婚約者としてチヤホヤされるのが、そんなにお気に召したのかしらねぇ」

可憐な顔を寄せる様子は小鳥のようなのに、話題はえげつなかった。

甘いケーキとは食い合わせが悪そうな話が、テーブルのあちらこちらで飛びかう。

「王位継承権を第二王子に横取りさせるために、第一王子の恋人を魔法でおじさんに変えて、心神を衰弱させてしまったって本当なの？」

「本当よ。あたし、その場面をこの目で見たわ！」

取り皿に銀のフォークを投げ出した一人の少女に、令嬢たちは好奇の目を向けた。

「ネリネ様は、第一王子の婚約式典にご出席されておられましたわね」

「当然でしょう。あたしは、この国でたった一人の〝聖女〟なのよ？」

肩先で切りそろえた髪を手で払ったネリネは、預言の力を持っているとして、国王に召し抱えられている。

大きな吊《つ》り目が印象的な、小柄で、子猫のように無邪気な愛らしさを持った少女だ。

聖女らしく白いドレスを身につけているが、お淑《しと》やかと言うより気まぐれそうな雰囲気が強い。

庶民の出ながら貴族学園に通っていて、婚約こそしていないものの第二王子レイノルドとの結婚は確実だと社交界で囁かれていた。

「アルフレッド様にフラれたから、今度はレイノルド様を誘惑するなんて、ジステッド公爵令嬢ははしたないわ。あんなの高嶺の花じゃなくて、枯れどきを知らない毒花よ。あたし、あんな女を未来の国母とあがめるなんて嫌！　あなたたちもそうでしょう？」

「ええ。もちろん」

「私たちはみんな、ネリネ様の味方ですわ」

令嬢が同調すると、ネリネは満足そうな顔で席を立った。

「まあ、嬉しい！　今日はみんなに新しい肖像画を見せてあげるわ。流行の肖像画家レンドルムに描いてもらったの。

彼の手にかかると、どんな冴《さ》えない男も男前に、美しい女はより美しくなるという噂通りの実力だったわ！」

お世辞で「見たい」と盛り上がる令嬢を引きつれて、ネリネは別室に向かった。

サロンの場となっている王家の別邸は、後見する芸術家が個展を開くギャラリーになっていて、現在はレンドルムの作品が展示されている。

ネリネの肖像画は、ギャラリーのメインルームに飾られていた。

「ここよ」

ネリネがメインルームの扉を開くと、中には先客がいた。

体のラインがはっきり出るタイトなドレスを着こなし、鼻筋の通った横顔をさらして絵を見上げる女性は、まるで彼女こそがメインの作品のようだ。

とびきり美しく描いてもらった肖像画のネリネを、背景にしてしまえるほどの美貌の持ち主は――。

「マリアヴェーラ・ジステッド……！」

ネリネが震えながら名を呼ぶと、マリアは振り向いた。

「こんにちは、ネリネ様。こちらでお会いできるとは思っておりませんでした」

姿勢を低くしてお辞儀するマリアに、ネリネは内心で毒づく。

なぜ、よりにもよって火事場の泥棒猫が、このギャラリーに。

しかも令嬢たちが集まってお茶会を開く今日、ここにいるの。

チラリと令嬢たちを見ると、みんなバツが悪そうに縮こまっている。せっかく楽しく悪口を言っていたのに、当の本人が堂々と目の前に現れたから興ざめだ。

「あたしも、ここでお会いするとは思いませんでしたわ！　ジステッド公爵令嬢ともあろう方が、エスコート役もなく一人で町をぶらぶらだなんて、レイノルド様と喧嘩《けんか》でもなさったの？」

「レイノルド様とはとても良い関係を築けておりますわ。わたくしがギャラリーに行くと手紙に書いたら、忙しい合間を縫ってエスコートしてくださったでしょう。

今日は確認したいことがありまして一人でまいりましたのよ」

マリアは、ネリネの後ろに連なった令嬢に視線を向けた。

「最近、わたくしを面白おかしい異名で呼ぶ輩《やから》がいるそうですわね。貴族のご夫人に話をうかがったら、ここのギャラリーで開かれる令嬢サロンから広まったとわかりましたの。

皆さま困っておいでてしたわ。娘が口さがなくて恥ずかしいと」

何名かの肩がビクッと震えた。

恐らく、サロンで聞いたあだ名を、家に帰って使用人に話してしまった令嬢だ。

（口は禍《わざわい》の元と言いますけれど、まさか本人が探り当ててくるとは思わなかったでしょうね）

彼女たちの不幸は、当のマリアが悪口に憔悴《しょうすい》するような気弱な令嬢ではなく、売られた喧嘩は残さず買う主義だったことである。

「わたくし困っておりますのよ。だって貴方たちが広めた異名ときたら、〝稀代の悪女〟〝火事場の泥棒猫〟〝枯れぎわを知らない毒花〟……センスの欠片《かけら》もない名前ばかり。どうせなら、もっと悪役めいた名前を考えていただきたいの。発案者はどなた？」

マリアがにこやかに追及すると、令嬢たちはネリネからそっと離れた。

この人がやりました、と指し示すように。

「な、なによ、あたしが悪いっていうの？　悪口を考えたのはあたしでも、喜んで使ったのはあんたたちじゃない！」

憤慨したネリネは、顔を真っ赤にして扇で令嬢を叩き始めた。

悲鳴を上げる令嬢を見ていられなくて、マリアはツカツカと歩み寄る。

「ご令嬢への八つ当たりはおやめくださいい、ネリネ様」

「うるさい！」

バシッ、とマリアの頰に扇が当たった。

玉の肌が傷ついたのを見て、ネリネは、はっと我に返る。

「聖女らしくない行いは慎むべきでは？　行きすぎたわがままを振りかざしていては、いつか心から後悔する日が来ますわ」

第一王子の婚約者として持てはやされていたマリアが、婚約破棄されると一転してイジメを受けたように、一度でも賞賛のタガが外れてしまえば聖女だって標的になる。

味方につくはずの貴族令嬢からへイトを溜めている現状では、その日は遠からず来るとマリアにも予想がついた。

「仲間外れの恐ろしさは、わたくしの悪評を流した張本人が誰よりわかっていらっしゃるはず。犯人がわからないように相手を貶める手段はいくらでもありますのよ」

「偉そうに……！　それであたしを脅しているつもり？」

「つもりではありませんことよ――ああ、痛い！」

マリアは、頰の傷に手を当てて、オーバーに背を丸めた。

「なんて酷いことをなさるのです、ネリネ様。わたくしの顔に傷が付いたら、レイノルド様はお怒りになるでしょう。

ネリネ様は国王陛下からお叱りを受け、加担した令嬢たちはお仕置きを受けることになるかもしれません。たとえば、反省するまで家から出してもらえなかったり、年老いた貴族に無理やり嫁がされたり……」

マリアの名演技におののいた令嬢は、いっせいに「やったのはネリネ様ですわ！」「わたくしたちは被害者です」「悪口は聖女様のご命令で広めました」と口にする。

誰一人としてネリネの味方にはならない。

この調子では、サロンが解散次第、聖女が第二王子の婚約者に怪我《けが》を負わせたと、声高に喧伝して歩くだろう。

追い込まれたネリネは、怒りでプルプルと震える。

「あんたたち不敬よ！　あたしが国王の後見を受けている聖女だと忘れたの⁉」

「ご自分の立場をお忘れなのは、ネリネ様の方では」

「は？」

あ然とするネリネに、マリアは憐れみの視線を向けた。

「少し未来がわかるだけのくせに、威張っても許されるなんて勘違いもはなはだしいですわ。おそばにいる令嬢たちはみんな、お腹《なか》の底でネリネ様に不満を抱えておいでです。今は国王が守っているから手が出せないだけ。このままでは、いずれ誰にも相手にされなくなるでしょうね」

マリアは、学園内で威張ったりはしなかったが、心から打ち解ける友達は少なかった。

〝高嶺の花〟と持ち上げられていた分だけ、周りより高いところにいたからだ。

聖女として崇敬されているネリネもまた同じ。

真の友達を作るのが難しいのに、さらに嫌われる真似をしていては、いつか大きなしっぺ返しが来る。

「ネリネ様、心を入れ替えてくださいませ。心からの謝罪をいただけましたら、聖女の主導で悪評が生み出され、広められた一切合切を秘密にいたします。

頬の怪我は自分で引っかいたということで始末しますわ。いかがでしょう」

慈愛の微笑みを浮かべるマリアを、ネリネはギッと睨みつけた。

「レイノルド様を奪ったあんたに謝るだなんて、ぜったいに嫌！　覚えてなさい。どんな手を使ってでも、あんたを破滅させてやるんだから!!」

そう言って、ネリネはメインルームを飛び出していく。

令嬢たちは騒然とするが、嫌がらせの原因がわかったマリアは清々した。

「やはり、わたくしに悪評を立てたのは、レイノルド様との関係を妨害するためでしたのね」

子猫のように気だけ大きなライバルなので、お仲間との関係を壊してしまえば、もう悪さはできないはずだ。

マリアは肖像画を見上げた。

描かれたネリネは、別人のように清らかに輝いていた。

恋をする二人が、初めてすることといえば？

マリアに言わせれば、そんなことは決まり切っているが、レイノルドに求めるのは勇気がいった。

「待ち合わせデートがしたい？」

「ええ」

怪訝《けげん》そうなレイノルドに、マリアは神妙に頷《うなず》く。

貴族令嬢であれば、男性に家まで迎えに来てもらってエスコートされるのが一般的。

だが、マリアが憧れる恋は、もっと能動的だ。

「庶民の恋人たちは、時刻と場所を決めて、お互いの足で待ち合わせ場所におもむくそうです。恋愛小説で読んでから、そんなデートにずっと憧れておりましたの」

「俺は街を歩き慣れているから問題ないが……あんたは大丈夫なのか？」

「従者なしで散策した経験はございませんが、レイノルド様がいてくだされば平気です」

「そこまで言うなら、する」

マリアが押し切る形で、レイノルドとの待ち合わせデートが決まった。

日取りは次の祝祭日。

マリアは、カレンダーに予定を書き入れて毎日見返しては、この日が来るのを待ちわびた。

レイノルドに未練を残すネリネの存在が気になったものの、目に見える妨害活動が行われることもなく、ついにデート当日――。


いつもより二時間も早起きしたマリアは、さっそく支度を始める。

洗った顔をローズ水で保湿し、髪はイノシシ毛のブラシで丹念に梳《す》いて艶を与えた。

むくみを取るために、手足と顔に香油を滑らせて丹念にマッサージを行う。

どれだけ厚く化粧を施しても、上等な衣服で身を包んでも、体の調子が整っていなければ、他を圧倒するほどの美しさは引き出せない。

ジステッド公爵家にふさわしい完璧な令嬢を作るには、陰の努力が必須なのだ。

てきぱき手入れを進めるマリアに、ジルが問いかける。

「マリアヴェーラ様、本日のお召しものはいかがされます？」

「そうね……。見て選ぼうかしら」

マリアは、肌着のシュミーズ姿で衣装室に入った。

広い部屋にはドレスをかけておくためのポールが張り巡らされ、靴や帽子を並べる壁一面の棚はぎっしりと埋まっている。

目に付くのは、赤や青、紫といった、マリアの華やかな顔立ちに負けない原色系だ。

ドレスは、ワンショルダーやマーメイドラインなど、豊満な体に沿うデザインが多い。

大きな薔薇のコサージュ、ヒョウやトラの毛皮といった強気なアイテムも取りそろえられているが、それらはマリアの趣味ではない。

ギラついた原色系から目を逸らして、衣装室の一角に進んでいく。

部屋の隅を覆い隠すように張られたレースのカーテンを引くと、そこは白やピンク、水色といった、優しく愛らしい色合いであふれていた。

マリアは、ぽうっと赤くなった頬に両手を添える。

「なんてかわいいのかしら」

ここはマリアの聖域だ。

似合わないとわかっていながら注文してしまった小花柄の一着をはじめ、レースやリボン、虹色のボタンなど、ファンシーな装飾を多用した愛らしいドレスばかりが並ぶ。

靴や手袋、日傘までもフリルで飾られていて、砂糖菓子のように甘ったるい雰囲気だ。

うっとりするマリアを見て、ジルは深い溜め息をついた。

「かわいらしいものがお好きなのでしたら、別に隠さなくてもよろしいのでは？」

「いいえ、隠しておくべきだわ。この子たちは、ジステッド公爵家の令嬢が身につけるには、ふさわしくないもの」

マリアは幼い頃から、高貴な女王様ではなく、王子様に守られるか弱い姫君に憧れた。

だが、長じるにつれてマリアの外見は、どんどん理想からかけ離れていった。

背丈はこんなに大きくなりたくなかった。

アーモンド型の瞳より、どんぐりみたいな丸い瞳が良かった。

鼻筋の通った高い鼻も、ぽってりと厚くて大人っぽい唇も嫌いだ。

周りから〝高嶺の花〟と褒めそやされるたびに、マリアのかわいらしいものへの憧憬は増すばかり。

この衣装は、厳格な父親に知られないように、マリアがひっそりと集めたもの。

これほどまでに大事にしているのに着たことはほとんどない。

こんな格好で表に出たら人々は困惑する。何があったのかと心配する。

マリア自身も試着するたびに似合わないとがっかりして、着るのをためらってきた。

（でも、レイノルド様は、こちらの方がわたくしらしいと褒めてくださるわ）

喜ぶ恋人を想像しながら、ポールに指をつつつっと滑らせる。

どれを着るべきか悩みつつ三往復して、ようやく端にあった一着を選び出した。

「これなら、なんとか着こなせるかもしれない」

淡い水色のドレスは、大きなリボンが縦に並んだ胸元と、ミルフィーユのようにレースが折り重なったスカートが可憐だ。

手袋と靴を白でまとめれば、妖精のごとき清楚さが出るはず。

わくわくしながらドレスを体に当てて、姿見に映してみる。

とたんにマリアの機嫌は急降下した。

「……まるで大人が子ども服を着ているようだわ……」

大人びた顔立ちと、愛らしいドレスの雰囲気がチグハグだった。

魔女のように妖艶な瞳のせいで、ドレスの清楚さが破壊されている。

こんな装いでレイノルドに逢《あ》うのかと思ったら、ネチネチしたためらいが胸の奥から這《は》い上ってきた。

少しでも綺麗に見られるよう、外見に似合うドレスを身につけていくべきでは？

その方が、きっと、レイノルドも楽しんでくれる……。


――こっちの方が、あんたらしくてずっといいし、好きだ。


ふいに、いつかの声がよみがえった。

かわいいものが似合わないと自信をなくしていたマリアを救ってくれた、レイノルドの言葉だ。

いつもの自分に逃げることは、彼の想いを裏切ることになる。

「今日はこのドレスにします」

マリアは心を決めた。

急いでコルセットを締めてもらい、ドレスを身につけて髪をセットする。

肌には真珠の粉をはたき、頬と唇は淡いピンク色に染める。

爪を桜貝色に塗って、支度は完成だ。

「そうだわ。鞄《かばん》も持っていかないと」

普段は侍女が荷物を持ってくれるので、マリアは鞄を持つ習慣がなかった。

貴族令嬢が持つべきものは、扇と日傘と誇りだけだ。

だが、今日のマリアは令嬢である前に、ただの恋する乙女である。

小ぶりなハンドバッグを手に通し、歩きやすい革のヒール靴を履いて馬車に乗り込む。

侍女と着替えも乗っているが、今日の出番はないだろう。

青空広場の近くで客車を降りたマリアは、一人きりで待ち合わせ場所の時計台を目指した。広場の中央にデンとかまえた木造の白い建物は、遠くからでもわかりやすい。

順調に進んでいった足は、広場への入り口で自然に止まる。

「なぜ、こんなにも人が？」

広場には若い男女が大勢いた。

女性たちは見目が華やかな装いで、男性たちも着慣れていなさそうな上等の衣服を身につけ、時計台を包囲するように立っている。

その周囲を取り巻くように人の流れができていて、建物に近づけなくて困っている人の姿も見える。

立ち往生するマリアに、路肩でジューススタンドを開く夫人が話しかけてきた。

「あんた知らないのかい。今日は、月に一度のアクセサリー商店が集まる日なんだよ。みんな、この時計台を目印に待ち合わせてデートするのさ。こんな混雑じゃ、お相手と会えなくてもしょうがないよ」

「しょうがないですって?」

そんな風に慰められたら、かえってマリアは燃えてしまう。

「わたくし、絶対にレイノルド様を見つけてみせますわ」

自信はあった。なぜなら、マリアは恋をしているのだから。

恋人同士は、どんなに遠くからでも、どんな人混みの中でも、相手を判別できるらしい。

お互いを見つけられたなら、マリアとレイノルドが心から想い合っている証《あかし》になる。

ひとまず時計台を目指すことにして、意を決して人の流れに飛び込んだのだが。

「あ〜〜れ〜〜」

押し流されて建物の正面から右に、そして真後ろまで押しやられる。

「お、恐れ入りますが、押さないでくださいませ！」

呼びかけてみるが周りも必死。

マリアは川に落ちた浮き草のように流れ流れて、時計台の正面に戻ってきてしまった。

「ひ、人混みってこんなに大変なものなのね……」

人の流れの外に抜け出したマリアは、ゼイゼイと息を乱して肩を上下させた。

舞踏会で三曲踊った時より体力の消耗が激しいとは、待ち合わせデート恐るべし。

（流されている間に、レイノルド様の姿は見つけられなかったわ。まだここに来ていらっしゃらないのかしら？　それとも、わたくしが見落としているだけ？）

不安になって踵《きびす》を返したら、後ろにいた男性とぶつかって二人いっしょに倒れてしまった。

マリアは、男性の上に乗る形でうずくまる。

「申し訳ありません！　わたくしの不注意で」

「いや、受け止めきれなかった俺が悪い」

聞き覚えのある声に顔を上げたマリアは、目をまん丸にして驚いた。

「レイノルド様！」

あんなに探していた待ち合わせ相手は、マリアの下敷きになって薄笑いしていた。

ひっくり返っていても美貌は健在だ。

冷ややかな瞳と形のいい鼻梁《びりょう》、薄い唇からは、凜とした性格と遊び人めいた余裕が感じられる。

目にかかる長さの銀髪は磨いた剣のように輝き、長身をおおう上等なコートの刺繍が隠しきれない高貴な印象を下支えしていた。

彼は、レイノルド・フォン・タスティリヤ。

このタスティリヤ王国の第二王子である。

「こんな近くにいただなんて……。わたくし、ちっとも気づきませんでしたわ」

「気づかなくて当然だ。ずっと、あんたの後ろを取ってたから」

「どういうことですの？」

マリアを立たせたレイノルドは、器用に人の流れを抜けていく。

「早めに広場に来て入り口が見える場所に立っていた。やってきたあんたは脇目も振らず、まっすぐに時計台を目指した。

どうやって俺と落ち合う気だと思って、黙って後ろをついて回っていたら、思いがけずぶつかった」

「だから、どこを見てもいらっしゃらなかったのですね」

後ろからつけられていたら、いつまでも見つけられるはずがない。

マリアの目は頭の真後ろには付いていないのだ。

「悪ふざけもいい加減にしてくださらない？　わたくし必死で探しましたのよ。それにしても、この人混みの中で、よくわたくしを見つけられましたわね」

「目立っていたからすぐにわかった」

「わたくしが？」

マリアは急に恥ずかしくなった。

似合わないかわいらしい装いで来たから、悪目立ちしてしまったようだ。

（こうなるとわかっていたのに……）

男性は、連れ歩く女性の善し悪《あ》しで格付けされる。マリアだけでなく、連れそうレイノルドも後ろ指さされると考えつかなかった自分が情けない。

「おかしな格好で申し訳ございません。自分でも似合わないとわかっていたのですけれど、前に小花柄のドレスを褒めていただけたので、調子に乗ってしまいました……」

立ち止まって猛省すると、レイノルドはきょとんとする。

「勘違いしているみたいだが、あんたは何も変じゃない」

「ですが、目立っていたのですよね？」

「ああ」

不安げに尋ねるマリアを、レイノルドはとろけそうに甘い瞳で見返す。

「あんたがとびきりかわいかったから、目を奪われたんだ」

「かかか、かわいい」

その言葉を聞きたくて、一生懸命にお洒落してきた。

褒められて嬉しいが、甘えベタなマリアの心には天邪鬼《あまのじゃく》が住んでいて、素直に喜びを表現させてくれない。

「それはそれは！　お褒めいただき感謝申し上げますわ！」

照れる気持ちを隠そうとするあまり、顎をクンと上げて目を細め、口角は下げるというキツい表情になってしまった。

かわいげのないお礼を、レイノルドはふっと笑い飛ばす。

「堅苦しいな。まあいい。今日一日かけて、あんたをとろけさせる」

「とろけさせるってなんですの。わたくしチーズではありませんことよ」

「たとえ話が下手だな、あんた」

有無を言わさずに手を握られてしまった。大きな手の平はヒンヤリと冷たくて、心の優しい人は冷えた手を持っているという話を思い出す。

レイノルドは優しい。

少し悪戯好きで、口が悪いけれど、いい人だ。本当に。

「あんたが行きたい場所に連れていくが、こんな市場で本当にいいのか？」

「はい。巷《ちまた》の恋人たちがする鉄板のデートをしてみたいのです」

マリアが読んだ恋愛小説では、待ち合わせに成功した恋人たちは手を繋いで店を見て回る。服やアクセサリー、食器を見ることで、相手の嗜好を確認するのだ。

「いろいろな店を見て歩きたいですわ」

「じゃあ、行くか」

マリアとレイノルドは市場を見て回った。

布を広げただけの露天、柱に帆布をかけて作った小屋には、庶民の手が届くような安価な品物が並ぶ。

アクセサリーを扱う市《いち》だからか、行き交う客はカップルが多い。

手を絡ませたり、肩を抱いていたり、人目をはばからずにキスをしたり……。

彼らの熱々ぶりを目にするたび、マリアは「ひっ」と短い悲鳴を上げて、レイノルドに笑われた。

「ご令嬢には刺激が強かったな。どこかの小屋にでも入るか」

二人は、市場でもっとも設《しつら》えが上等な店に入った。

他の店よりは高級志向らしく、ケタが一つ違う値段の宝石が並んでいる。

ダイヤにサファイヤ、ルビー、エメラルドなど、小粒ではあるが透明度は高い。

オリジナルの台座が花や羽根を模してあり、大人しめのかわいらしさがあった。

「かわいい……」

うっとりするマリアに、レイノルドは見蕩《と》れた。

（あんたも、とか言ったら、また動揺しそうだな）

マリアは、かわいいものに触れていると、特にかわいい表情を見せてくれる。

高嶺の花にたとえられているが、本来は可憐な花が似合う少女なのだ。

「いらっしゃいませ。こちらにペアの宝石をご用意しておりますよ」

話しかけてきた女店主は、ガラスケースの鍵を開けて、主張の強い大ぶりなルビーとサファイヤが配置されたペアリングを見せてくれた。

「お嬢様の華やかさには、大粒の宝石でないと見劣りします。こちら、少し値は張りますが良いお品ですよ。せっかくですからご試着だけでもいかがです？」

「いえ、あの、わたくしは……」

大粒の宝石ならジステッド公爵家にいくらでもある。

マリアの容貌に似合うのは、女店主が勧めるものだともわかっている。

しかし、心から欲しいと思うのは、出入り口近くに置かれている、安めで愛らしいアクセサリーの方だ。

「――俺は、これが見たい」

押しの強い女店主に困っていると、急にレイノルドが口を出してきた。

彼が指さしているのは、出入り口近くにあった銀細工のブローチだ。

スズランの形になっていて、花の部分に小粒のダイヤがはまっている。

隣には、同じ意匠のラペルピンも並んでいた。

女店主は、マリアへの押売りを中止して、レイノルドの方にすり寄った。

「すぐにお出しします。こちらもペアなんですよ。女性がブローチ、男性がラペルピンで、どんな場面にも似合うアイテムになっておりますの」

ケースから出された二つのスズランは、紺色の別珍の上に並べられる。

レイノルドは、ブローチの方を手に取ってマリアのドレスに挿した。

淡い水色に銀細工はよく似合った。

「似合ってる。服にも、あんたにも。こういうの贈られたら迷惑か？」

「レイノルド様からいただいたものなら、なんだって嬉しいですわ」

「なら決まりだ。店主、この二つをもらう。着けていってもいいか」

「もちろんでございます」

マリアとレイノルドは、おそろいのアクセサリーを着けて店を出た。

細やかなダイヤが、日の光をキラリと反射する。

さりげなく、けれど美しく。

まるで、周りに恋人同士だと見せつけるように。

（まるで夢の中にいるみたいだわ）

待ち合わせて、手を繋いで歩き、ペアグッズを彼から買ってもらう。

こんな楽しいデート、第一王子の婚約者だった時にはできなかった。

夢にまで見た恋を叶えてくれるのは、長らく視界から外れていた第二王子だなんて、少し前のマリアに言っても信じてもらえないだろう。

（恋って不思議なものね）

そして、とても素敵なものだと、マリアは隣を歩くレイノルドを見上げながら思った。

第二章　つげられた悪女預言

ジステッド公爵家の温室で、マリアはミゼルとお茶を楽しんでいた。

「レイノルド様がおそろいのアクセサリーを買ってくださったの。それがこれよ」

待ち合わせデートで買ったスズランのブローチは、今日もマリアの胸にあった。

着ているマドラスチェックのドレスには似合わないが、このブローチを着けているとレイノルドがそばにいる気がして、どんな服でも身につけてしまうのだ。

かぎ針編みのショールを肩にかけたミゼルは、照れた顔のマリアに微笑みかける。

「マリアヴェーラ様のお人柄を表したように愛らしいですね。しかも、スズランの意匠だなんて、お二人にぴったり」

「スズランがどうかして？　たしか毒を持っている花よね」

ネリネと令嬢たちに〝枯れぎわを知らない毒花〟と呼ばれていたのを思い出す。

くだらなくて怒る気にもならないが、マリアのイメージと毒を重ねる想像力は評価してあげたい。あわよくば、食えるはずがない相手だと気づいてほしかった。

内心で毒づくマリアとは対照的に、ミゼルはおっとりお菓子を頬張る。

「スズランの毒は、無闇に刈り取られないためのものなんです。だから花言葉は『純潔』

や『愛らしい』といった意味で、特に有名なのは『再び幸せが訪れる』ですね」

「再び幸せが訪れる……」

レイノルドは、マリアが婚約破棄の憂き目にあって、みっともなく大泣きして手に入れた新たな婚約者だ。

再びの幸いとは、まさしくマリアにとっての彼だった。

「レイノルド様がスズランを選んだのは偶然でしょうけれど、そう思うと嬉しいわ」

ふわっと微笑むマリアにつられて、ミゼルも嬉しくなった。

王立薔薇園での一件から、二人は少しずつ友情を育んでいる。

友人と遊ぶ暇もなく妃教育に励んできたマリアは、ミゼルから教わることも多かった。

令嬢たちの間で流行《はや》っているものは彼女が情報源である。

「ミゼル様には前にも話しましたけれど、わたくし、肖像画を描いていただくことになりましたの。画家のレンドルムはご存じ？」

「もちろんですわ。他のご令嬢の話では、タッチは平凡なのに不思議と描かれた人物が輝いて見えるそうです。

みんなこぞって依頼したがっていますが、レンドルム氏は偏屈で、素晴らしい家柄や容姿の女性しか描かないと公言しているのだとか……」

「変わり者なのは本当のようね。氏は、レンドルム辺境伯の五男坊という立場でありながら、肖像画家になるために領地を離れて王都にいらしたそうですもの」

貴族には限嗣《げんし》相続制度が敷かれているので、五男というとほぼ爵位が継げない立場だ。実家での居所もなかっただろうが、画家に転身とは思い切ったものだ。

「ついに来週から描いてもらうのだけれど、どんな衣装にしようか迷っていて……。見栄えを優先するのであれば、大胆に肌を見せるドレスを身につけて、大ぶりの宝石で飾りつけた姿を描いてもらうべきだわ。

けれど、せっかく流行の画家に描いてもらえるなら、かわいい装いをした自分を残したい気持ちもありますの」

わがままを押し通せないのは、レンドルムに依頼したのがマリアではなく父のジステッド公爵だからだ。

迷うマリアが珍しかったのか、ミゼルはおずおずと意見する。

「お気持ちに従って、かわいいドレスではいけないのですか？」

「この肖像画はジステッド公爵家に残していくものなの。いずれ、わたくしが王妃になった暁には、この家から嫁いだのだと家の者たちが誇りに思うために」

当然、求められているのは〝高嶺の花〟の姿である。

似合わない砂糖菓子みたいな格好をしたマリアなんて、誰も見たくはないだろう。

でも、それは本来のマリアではない。

絵の中でまで自分に嘘を吐《つ》かなければならないのか……。

本音と建前に挟まれて息が苦しくなってしまったマリアは、ミゼルに助言を求めるためお茶に誘ったのだ。

「わたくしのために描かれない絵画に、自分の嗜好を押しつけるのは横暴かしら。完璧な公爵令嬢マリアヴェーラ・ジステッドの姿をこそ、人々は望んでいるのに……。ミゼル様はどう思われます？」

「そうですね……。ジステッド公爵家に飾られる絵画でしたら、高嶺の花らしい装いの方がいいかもしれません」

「貴方も、そうお考えになるのね」

「はい。でも、世間体を気にしての意見ではありません。

もしもかわいらしい格好で描いてもらったら、マリアヴェーラ様はいつまでも……それこそ王家に嫁いでもなお、あれで良かったのかと気になさるでしょう？」

ミゼルは、マリア以上にマリアが気にしいだとわかってくれていた。

同じ学園に通っていたにもかかわらずマリアより大人びた視点を持っている。

「わたしたちは、いつでも好きな自分でいたいと願ってしまいますけれど、自分の好きを周りに押しつけてはならない場面はたくさんあります。

そういう分別を持っていらっしゃるマリアヴェーラ様だからこそ、わたし大好きなんです」

「ミゼル様……！」

はにかむ友達の言葉にマリアは感動した。

「……ありがとう。わたくし〝高嶺の花〟の姿を肖像画に残そうと思いますわ。残念だけれど、今回はかわいいものを封印しなければなりませんわね」

「完全には封印しなくてもいいと思います。マリアヴェーラ様ではなく、周りに愛らしさを取り入れてみてはどうでしょう。たとえば、背景に花を描いていただくとか、額にリボンをかけるとか……」

「とても良い考えですわね」

話は予想外に盛り上がり、ティーコジーをかけたポットの紅茶が冷めるまで、延々と続いたのだった。


「こんなものかしらね」

マリアは、デコルテの大きく開いた深紅のドレスを着て、姿見の前に立った。

ネックラインがV字になっていて、幾重ものドレープで飾られたスカートと相まってゴージャスな一着だ。

こんなキツい色とデザイン、本当は好みじゃない。

けれど、肖像画に求められているのは気高く、他を圧倒するような美しさを持つ〝公爵令嬢マリアヴェーラ・ジステッド〟の姿だ。

マリアの嗜好とは正反対でも、この装いが正解だった。

「髪は巻いてアップスタイルに。髪飾りにはドレスと同じ色の薔薇を用意して。真珠のピースもあったわね。散らすように挿してちょうだい」

ドレッサーに座って命じると、侍女たちが三人がかりで想像通りの髪型に仕上げてくれた。首には、大粒のダイヤが鈴生りになったネックレスをかけ、耳にもそろいのイヤリングを着ける。

黒いサテンの長手袋をはめる間にも、着々と化粧が進められていく。

真っ青なアイシャドウを塗られそうになったマリアは、「待って」と止めた。

「お化粧は控えめにお願いできるかしら。口紅は赤より肌馴染みのいいローズを。アイシャドウはベージュやブラウンを使って、目の形を引き立てる程度にしてほしいの。わたくしの手持ちでは派手すぎるから、こちらの化粧品を使って」

「は、はい」

侍女は、不安げに地味な色ばかりのパレットを持ち上げた。

化粧を改善するためにミゼルから借りたのだ。

これまでのマリアは、派手な顔立ちに似合う強い色合いを多用していた。人前に出る際には、真っ赤な唇と真っ青な目蓋、目尻より長くはね上げた黒いアイラインが定番だったが、ミゼルはこう思っていたという。

『もっと柔らかな色を使ったら、マリアヴェーラ様の優しさが感じられるお顔立ちになると思うんです。それで肖像画にかわいらしさを付け加えてはいかがでしょう？』

ミゼルはわざわざ家に戻って、自分の化粧品を持ってきてくれた。

ベージュやブラウン、コーラルなど、淡い色合いが取りそろえられたパレットは、マリアにとって新鮮だった。

試しに塗ってみたところ、まったく似合わないというわけではなかったので、あとは化粧慣れした侍女の手腕に懸けることにしたのだ。

化粧係は、大小さまざまなブラシを使い分けて、色を肌にのせていく。

アイラインは省いて目と眉を仕上げ、頬にもふんわりと紅を差し、ヌードカラーの口紅を塗って仕上げる。

完成した化粧を見て、マリアは驚いた。

「わたくしの顔立ちって、意外と柔らかかったのね……」

ナチュラルメイクを施された顔には、派手でもクールでもなく、女性らしい品だけがある。いつもより地味だが、ドレスのインパクトに負けているわけでもない。

言うなれば、垢《あか》抜けた雰囲気だ。

変に力んでいた気合いが抜けて、大人の女性に脱皮したような。

(この化粧で描かれた肖像画なら、わたくしも好きになれそう)

最後に、スズランのブローチを胸元に挿して、マリアは立ち上がった。

お直し用の化粧品を持たせた侍女を伴って廊下を進み、肖像画の舞台となる舞踏室へと入る。

大きな窓がいくつもあるので、シャンデリアを灯さなくても室内が明るい。

天井には見事なフレスコ画があり、大鏡と名君たちの肖像画が壁を飾っている。

別珍のカーテンがかけられた窓辺には、一人の男性が立っていた。

ゆるくうねる黒髪を一つに結び、刺繍がふんだんに入った宮廷服を身につけて、ズボンのポケットに手を入れている。

「貴方が、クレロ・レンドルム様？」

振り向いたクレロは、マリアですらも息を呑む美丈夫だった。

ハンサムな顔立ちは彫りが深く、服の上からでもわかる立派な体格からは、大人の色気がただよう。

クレロの方もマリアに目を奪われて、たまらずといった様子で足下にひざまずいた。

「マリアヴェーラ様、お会いできて光栄です」

自然に手を取られて口づけされる。

スマートな振る舞いには、拒絶する暇もない。

甘美な香水の匂いと低く艶っぽい声に中《あ》てられて、マリアの胸がわずかにうずいた。

「私は、肖像画家のクレロ・レンドルムと申します。第二王子殿下とのご婚約に際して、ジステッド公爵家に飾る肖像画を描かせていただくことになりました。

「お噂には聞いておりましたがここまで美しいとは……。まるで天上に咲く薔薇のようだ」

「お褒めいただき光栄ですわ。あの、手を」

「ああ、申し訳ありません。貴方のように麗しい方を描けると思うと、嬉しくて」

口では謝りつつも、クレロはマリアの手を離さない。

そのまま、部屋の中ほどに置かれた猫脚のソファにエスコートする。

「こちらでポーズをとっていただけますか。まっすぐではなく、片方の腕を肘掛けにもたれさせて座ってください。扇などあればお持ちになってかまいません」

「わかりました」

マリアは、ソファに深く腰かけると、肘掛けにもたれて斜めに体を倒した。

クレロの指示で、顔をキャンバスに向け、窓の方に向けて胸を突き出す。

体をくねらせた方が、ドレス姿が美しく見えるのだそうだ。

キャンバスの近くに戻ったクレロは、指で四角い枠を作ると、マリアを覗《のぞ》き込んで「違うな」と呟いた。

「高嶺の花のような気品には、何かが足りない……」

ふいに思い立ったクレロは、ツカツカとソファに歩み寄ってきた。

光沢のある布を張った座面に膝をつき、仰向けになったマリアに覆いかぶさる。

「貴方の美しさを、私が引き出して差し上げます」

「え……？」

マリアは、おとがいに指をかけられ、顔を上向けられた。

そこに、クレロは目を伏せて顔を近づけてくる。

細まった黄色い瞳は、一心にマリアに注がれている。

心まで覗かれそうで、マリアの鼓動がドキンと跳ねた。

「い、いけませんわ、レンドルム様。わたくしには――」

大切な恋人がいるのです！

叫ぼうとしたその時、クレロは「これだ」と口にして上体を起こした。

「マリアヴェーラ様には、目を強調する化粧の方がお似合いです。アイラインを引けばよりいっそう肖像画に相応しいお顔立ちになりましょう。……真っ赤になって、どうなさいました？」

「なんでもございませんわ！」

　マリアは、熱をもった頬を冷ますように両手を振った。

　顔を注視されていただけなのに、てっきりキスされると勘違いしてしまった。

「マリアヴェーラ様、失礼します」

　クレロが命じるままに侍女がメイクを直していく。

　手鏡を受け取ったマリアは、顔を映してみた。

　目元には太いアイラインが引かれ、唇は赤く塗り直されてしまった。

　ナチュラルさは消え失《う》せてしまったが、マリアの美貌は先ほどより際だっていた。

「それでは、デッサンから始めましょう。先ほどの体勢のまま動かないでくださいね」

　気を取り直してスツールに座ったクレロは、荒く削った鉛筆を取り出して、マリアの輪郭をキャンバスに写しとっていく。

　マリアは、腹筋に力を入れて体勢をキープしながら、溜め息をこぼした。

（せっかく化粧品を借りたのに。ミゼル様になんて説明したらいいかしら）

　そんな悩ましげな表情も写し取られているとは――それにクレロが心をかき乱されているとは――マリアは少しも気づかないのだった。

晴れやかな日の午後。

緑が豊かな宮殿の庭で、日傘を差したマリアはレイノルドと歩いていた。

単なるお外デートではない。

婚約披露パーティーの会場を下見しているのである。

正式な婚約式典は、国王が出席する公事になる。

その前に王侯貴族にだけ顔見せするのが、王族が婚姻する際のしきたりだ。

二人の先には眼鏡《めがね》をかけた側近がいて、会場の設えを説明していく。

長話に付き合っていたレイノルドは、天高く昇った太陽を見上げてネクタイを緩めた。

「少し暑いな」

「仕方ありませんわ。もうすぐ夏ですもの」

タスティリヤ王国は、陽光がたくさん降りそそぐ温暖な国だ。

真冬でも雪が降ることはまれで、基本的に春先から冬のはじめまで、厚い防寒着なしで過ごすことができる。

陽気で明るい国民性は、気候による影響が大きい。

マリアは夏が近づくと気持ちが明るくなるが、レイノルドは反対だ。

彼は夏が苦手。暑がりなのである。

学園に通っていた時は、気温が上昇する昼下がりになったら授業をサボり、木陰で昼寝をして乗り切っていた。

そのせいで、すっかり昼寝ぐせが付いてしまったようだ。

レイノルドは、先ほどから、あくびを何度も噛み殺していた。

「上着を脱いで楽にされては？　側近の方以外には誰もおりませんもの」

「そうする」

脱いだジャケットの襟元で、スズランのラペルピンが光る。

（レイノルド様も、いつも着けてくださっているのね）

マリアが身につけたドレスにはブローチがあるので、おそろいだ。

こんな些細なことが嬉しいなんて。

恋って、本当に素敵だ。

「次は、軽食をご用意するテントのご相談です」

側近が前を向いて歩き出したので、マリアはレイノルドに耳打ちした。

「説明はわたくしが聞いて、後でお伝えしますわ。あちらに東屋《あずまや》があるので休憩なさっていてください」

東屋は鳥籠のような形をしていて、生い茂った蔦《つた》が屋根まで絡んでいる。

「悪い、頼んだ」

そう言って、レイノルドはふらふらと東屋に向かった。

マリアは、第二王子がいないと気づいた側近に事情を説明して、奥に進んでいく。

軽食を提供するためのテントを張る計画は、右の耳から左へと聞き流して。

(かなりお疲れのようね)

不良の烙印《らくいん》を押された第二王子から、いきなり王位継承権第一位へと格上げされたレイノルドは、おざなりになっていた帝王学や政治学を急ピッチで叩き込まれている。

マリアが言えばデートをしてくれるし、手紙にはすぐに返事を書いてくれるが、疲れが溜まっているのは明らかだった。

(癒やして差し上げたいわ。恋人って、こういう時はどうするのかしら?)

甘いケーキを用意するか、疲労回復させる薬草を手配するか……。

マリアが思いつくものは、だいたい側近や侍従がやっているだろうことばかり。

自分にしかできない方法はないかと悩んでいたら、側近がパタンと指示書を閉じた。

「会場設営に関しての説明はここまでです。何かご質問はございますか?」

「え?　ええっと……」

ろくに聞いていなかったマリアは愛想笑いした。

「質問は後日にいたしますわ。お聞きした内容をレイノルド様にお伝えして、ご意見をいただきたいのです。参考までに、その指示書をお借りしてもよろしくて?」

「では、こちらを。殿下とご覧になりましたら、お近くの側近にお戻しください」

「わかりました。宮殿にお戻りになったら、庭の東屋にお茶を持ってきてほしいと伝えていただけますか？」

お茶の準備を頼んだマリアは、道を戻って東屋を目指した。

レイノルドが東屋のベンチに横たわって寝息を立てていたので、物音を立てないように端っこに座る。

（ここ、涼しいわ）

屋根や柱につたった緑が自然のカーテンとなって、陽光と暑さを遮断している。

そよそよと吹く心地よい風に体を任せていたら、マリアまで眠くなってしまった。

レイノルドと逢えるのが嬉しくて、朝から気を張っていたせいかもしれない。

うとうとするうちに、傾げた頭が何かにぶつかった。

「？」

顔を向けると、いつの間に起きたのかレイノルドが隣にいて、うたた寝するマリアに肩を貸していた。

「あんたもお疲れだな。もう少し寝てろ」

「は、い……」

睡魔に負けたマリアは、目を閉じて肩に頭をあずけた。

すっかり目が覚めたレイノルドは、すぅすぅと健やかな寝息をたてるマリアの寝顔を眺める。

吐息にあわせて震える長いまつ毛や、淡い唇の隙間に意識が吸い込まれそうだ。

濃い化粧をやめて、以前よりさらに綺麗になった気がする。

綺麗というよりかわいいか。マリアの場合は。

「あんたは無意識だろうが、これ以上かわいくなられたら、俺がどうかなりそうだ」

罪作りな恋人の頭に、そっと頭をもたれさせて目を閉じる。

ただ寄り添っているだけで幸せだ。

少し前までは、長年の片思いが実るなんて思っていなかった。

偶然と奇跡の手を借りて、あとは、ちょっとずるい真似をしてマリアを手に入れようとしたけれど、最後の最後でマリア自身がレイノルドを選んでくれなければ、恋人にはなれなかっただろう。

だからレイノルドは、マリアと生きるためなら、どんなに過酷な役目を背負わされても耐えられる。

だが、もしもマリアが離れていってしまったら。

今度は、悪辣王子になるだけではすまない。

やる気を失い、全てを側近に投げ出し、放蕩《ほうとう》にふける。

そのうちに国を傾け、民を苦しめる、タスティリヤ史上最悪の国王になるだろう。

「ここにいたのねレイノルド様！　お茶を持ってきてあげたわ、よ……」

キンキンする声に目を開けると、ティーワゴンを押したネリネがいた。

レイノルドが身じろいだので、マリアも「ん？」と気を戻す。

「庭園でお茶なんて珍しいと思ったら！」

ネリネは、鬼のような形相で眠い目をこするマリアを睨むと、後ろに連なっていたメイドに見せつけるように、大げさに頭を抱えた。

「痛いっ！」

「どうされましたネリネ様」

「お告げが降ってきたのよ。この国を揺るがす、とても重要なね！」

ネリネは、マリアに人指し指を突きつけ、深く息を吸い込んだ。

「ジステッド公爵令嬢マリアヴェーラが第二王子レイノルドと結婚すれば、このタスティリヤ王国は天災と飢饉《ききん》、他国からの侵略にさらされて滅亡するだろう。

なぜなら、その女は、この国はじまって以来の悪女なのだから！」

「わたくしが、悪女？」

マリアの眠気が一気に覚めた。

悪い冗談だと思ったが、預言を聴いたメイドは真っ青になっている。

「大変だわ、急いで国王陛下にお知らせしなければ！」

「おい、待て」

駆け出したメイドを制止しようとしたレイノルドだが、東屋を出たところでネリネに飛びつかれた。

「落ち着いて、レイノルド様。そんな女と一緒にいたら不幸になるわ。聖女であるあたしが守ってあげる。その悪女からね！」

レイノルドに腕を回して不敵に笑うネリネを、マリアは冷ややかな瞳で見返す。

（くだらない真似を）

これは預言ではない。

マリアへの宣戦布告だ。

かくして、聖女と悪女の闘いの幕は、切って落とされた。

第三章　よめいびり自白未遂

——ジステッド公爵令嬢マリアヴェーラが第二王子レイノルドと結婚すれば、このタスティリヤ王国は天災と飢饉、他国からの侵略にさらされて滅亡するだろう——

聖女ネリネの預言は宮殿中にとどろいた。

レイノルドは、国王に対面して事情を説明すると言っていたがそれから音沙汰がない。

こんな状況では婚約披露についての相談もできないため、マリアは側近から借りた指示書をジステッド公爵家に持ち帰り、一人で読み込む日々を送っていた。

「難しい顔をされていますね、マリアヴェーラ様。休憩しましょうか」

深紅のドレスを身につけたマリアがクレロにそう言われたのは、肖像画のモデルをつとめて一時間ほど経った頃だった。

注意して表情を作っていたが、預言について思いを巡らせるうちに顔をしかめてしまったようだ。

「申し訳ありません。わたくしったら、つい考え事を」

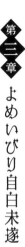

「そんな日もありますよ。結婚が迫った女性は特にね」

クレロは、絵の具をしぼったパレットと筆を置いて、かたわらにあったバスケットを持ち上げた。

「流行のお菓子を買ってきたのです。よろしければ、お一ついかがですか？」

チェックの布をめくると、バスケットの中には小さなチュロスが並んでいた。

チュロスは星型の口金でしぼり出した揚げ菓子で、タスティリヤ王国の全土で食べられている庶民的なお菓子だ。

一般的に細長い棒の形をしているものだが、これはハート型に成形されていて、マリアの乙女心をくすぐった。

「かわいいですね」

「そうでしょう。ハートの形をしているからでしょうか。これを食べると恋が叶うという噂で、店には長蛇の列ができる人気なのですよ」

クレロは、パラフィン紙にチュロスを一つ包んで、マリアの手に握らせてくれた。

「ありがとうございます。食べたらお化粧が崩れないかしら」

「崩れたら直せばいいのですよ。私はいくらでも待ちますし、時間もたくさんあります。それよりも今は、マリアヴェーラ様の不安を取りのぞくのが先決だ」

そう言って、マリアの隣に座る。

こんな近距離でレイノルド以外の男性と話すのは久しぶりだ。

身がまえる気にならないのは、クレロが持っている柔らかな雰囲気のせいだろう。

「今から、私はジステッド公爵家に雇われた肖像画家レンドルムではなく、貴方の話し相手のクレロです。第二王子殿下と何かありましたか？」

「……どうしておわかりになったのかしら。そうやって、結婚を控えた女性にちょっかいを出していらっしゃるの？」

マリアが冗談で返すと、クレロは楽しげに笑った。

「そこはご想像にお任せします。肖像画家の性《さが》でしょうか、なぜかモデルの気持ちがわかるのです。

キャンバスに写し取った像から、内に秘めた感情が伝わってくるのですよ。喧嘩でもなさいましたか。それとも、彼の昔の恋人でも出張ってきましたか？」

「残念ながら、全て外れですわ。相手の結婚相手に名が挙がっていた女性に、喧嘩を売られましたの」

マリアはチュロスに噛みついた。

カリッとした食感と甘みは、目がくらむほど美味《おい》しい。

揚げ物は体型維持の敵だが、今日ばかりは知るものか。

「その女性は聖女で、わたくしと第二王子が結婚すればタスティリヤ王国が滅びると預言されましたわ。わたくしは嘘だと思いましたが、レイノルド様は深刻そうな顔をしておられました。

国王陛下にお目通り願いたいと、宮殿の中に戻ってしまわれて――」

あの預言の後、レイノルドは抱きつくネリネを鬱陶しそうに振りほどくと、マリアに「国王に説明しに行く」とだけ告げて宮殿に向かった。

ネリネの腕をつかんで。

マリアをその場に一人残して。

「――それから一切の連絡がありませんのよ」

溜め息をつくと、クレロも荒っぽく息を吐いた。

「酷いですね。結婚にケチを付けられて不安がっている婚約者にフォローも入れずに、ただの元妃候補と共に行ってしまうなんて。同じ男として信じられないな」

クレロが不満を口にしてくれたので、少しだけ溜飲が下がった。

ネリネの預言もたいがいにしろと思ったが、マリアの胸に引っかかっているのはレイノルドの対応の方だ。

あの時、彼がネリネではなく、マリアの腕をつかんで国王に弁明に行ってくれたら。

たぶん、こんなにモヤモヤはしなかった。

「聞いてくださって感謝いたします、クレロ様。誰にも吐き出せなくて苦しかったのですわ」

「……貴方は……」

マリアが寂しげに笑うと、クレロの膝からバスケットが落ちた。

驚いて肩を跳ねさせるのと、手を取られるのは同時だった。

「どうして、そんなにも、けなげでいらっしゃるのですか」

クレロの手の平には、剣の稽古でできたマメがある。

皮膚も厚く、骨張っていて男らしい。

レイノルドの洗練された雰囲気とは真逆の感触に、マリアは固まってしまった。

そんなマリアを、クレロは熱に浮かされたような表情で見つめてくる。

「そんな酷い男、たとえ王子でも尽くす必要はありません。私なら、貴方にそんな思いはさせない……」

うるんだ瞳が蜂蜜色に光った。

色男めいた男性だと思っていたが、マリアへ注ぐ視線は誠実だ。

その一方で、虫を惹きつける甘い蜜のような情欲も感じる。

（真正面から見るべきではなかったわ）

マリアは後悔した。

だって、そのせいで気づいてしまった。

クレロが、自分に恋をしていることに。

（わたくしの恋の相手はレイノルド様よ。今さら他の誰かと恋をするなんて、あってはならないはず、なのに）

胸にわだかまっていたモヤモヤが膨らんで、不安の色を濃くしていく。

破滅の預言は、マリアに嫉妬した聖女ネリネの当てこすりのはずだ。

でも、もしも本物だったら？

（わたくしの運命の相手は、レイノルド様ではないの？）

ぞっと背筋が寒くなった。

アルフレッドへの恋慕が突如として打ち砕かれたように、今度はレイノルドまで奪われるのだろうか。

憂鬱に取り憑《つ》かれそうになったマリアの視界に、キラリと反射する光が入った。

光っているのは、スズランのブローチだった。

おそろいのラペルピンは、レイノルドの元にある。

ペアルックなんて柄ではないのに、マリアが喜ぶから身につけてくれている。

（お互いに手を握り合っている限り、運命だってわたくしたちを引き離せないわ）

マリアは、クレロに握られていた手を、さっと引いた。

「ご馳走《ちそう》様でした。手が汚れたので洗ってまいりますわね」

侍女の手を借りて立ち上がったマリアに、クレロは言いつのる。

「マリアヴェーラ様。第二王子殿下との仲について考え直されては」

「なぜ？」

冷たく振り向いたマリアに、クレロは眉をひそめる。

「なぜって……先ほどお伝えしたように、このまま第二王子と結婚すれば、マリアヴェーラ様が不幸になると心配しているからです」

「勘違いしていらっしゃるようね、クレロ様。わたくし、レイノルド様との関係に不安は抱えておりませんわ。明日にでも結婚したとして、なんの不都合もありません」

「ですが、結婚すれば国が破滅すると、聖女に預言されたのですよね？」

「ええ。とっても面白いでしょう？」

マリアは持ち前の美貌を輝かせて、あでやかに微笑んだ。

「この恋を叶えるためなら、わたくし、どんな困難にでも立ち向かえますの。わたくしの恋と、聖女の預言、どちらが勝つか見物だわ」

傲岸不遜なまでの態度に、クレロはあ然としている。

せっかくの機会だからと、マリアは追い打ちをかけた。

「ついでに申し上げておきますね。結婚を考え直せだなんて簡単におっしゃらないで。わたくしたちの仲は国王陛下に認められておりますの。

ましてや、王子たるレイノルド様をそしるだなんて、許されないとおわかりになりませ
ん？」

「……失礼いたしました」

クレロは頭を下げた。

彼を一瞥して部屋を出たマリアは、ぼそりと呟く。

「他人に恋人の悪口を言われると、モヤモヤが吹っ飛ぶくらいに苛立つものなのね」

新たな発見に気を良くしながら、マリアは指についた砂糖粒を転がした。

✣

「手紙は来てるか」

レイノルドが問いかけると、分厚い眼鏡をかけた側近は立ち上がって、執務室の隅に置かれていた文箱をあさった。

「レイノルド殿下宛の手紙は一六通。ほとんどが貴族からのご機嫌うかがいで、殿下ご本人に確認していただく必要のある文書は二通です」

「聞いてるのはそっちじゃない。マリアヴェーラからの手紙だ」

苛立ちをあらわにして言い直す。側近は残念そうに首を振った。

「ジステッド公爵家からの手紙は届いておりません。渡し忘れはないか、部下に確かめてまいりますか？」

「……もういい」

諦めて自分の机に戻る。

ギギッと音を鳴らして背もたれに寄りかかると、窓越しに夏めいた青空が見えた。

マリアからの手紙を待ちわびること、もう四日目。

文通のように続いていたやり取りは、預言があった日から途絶えている。

（あんた、俺と会った日は必ずその日のうちに手紙を書いて送ってくれただろう。なんで今回はくれないんだ？）

原因はなんとなくわかっていた。聖女ネリネによる預言だ。

結婚すれば国が滅ぶと言われて、マリアはショックを受けていた。

まずいと思ったレイノルドは、すぐさまネリネを連れて国王に対面した。

噂として耳に入れるより、渦中の第二王子から申し入れる方が、ずっと心証がいいと判断したのだ。

幼い頃、宮殿に連れてこられたネリネは妹のような存在だ。

国王が甘やかしたせいでわがままな性格に育ったが、今回のように、特定の人物を名指しして批判するような預言をもたらすのは初めてだった。

レイノルドは、預言はあくまで預言でしかないと前置きして、

『どんな預言をされようと結婚をやめる気はない。ジステッド公爵令嬢が妃にならないのなら、王位継承権を放棄する』とはっきり伝えた。

すると、国王は何も言えなくなった。

レイノルドが王にならなければ、愚かな双子の兄アルフレッドが玉座につく。

そうなれば、天災や飢饉、他国の侵略にさらされなくても、国が傾いてしまう。

ひとまず結婚については保留扱いとなった。

舌打ちするネリネの横で、レイノルドはほっとしたのだが。

(あんた、預言が本当になるとでも思ってんのか？)

タスティリヤ王国は豊かな国だ。

地方も栄えていて、食料の備蓄が十分にある。王家の方針で、優秀な臣下の教育に力を入れているため、内政や外交も上手くいっている。

しっかりと布陣を固めているのだから、たかが王族の結婚で国が滅ぶはずがない。

もちろん天災は防ぎようがないし、王妃が贅沢《ぜいたく》三昧して国民を苦しめ、革命を起こされることもないとは言えないが……。

(あんたはそういうタイプじゃないだろ。高貴な生まれで富への憧れはないし、権力には

さらに興味がない。唯一の願いが『恋をしたい』なんて人間が、どうやって国を滅ぼすんだ)

マリアは、何を一人で思い悩んでいるのだろうか。

表情を曇らせていたら、部屋のドアが開いた。

「あれ？　まだ高嶺の花からの連絡待ちしてんの？」

「ヘンリー……」

入ってきたのは近衛騎士のヘンリーだった。

首元にかかる長さの赤毛と、右目にある泣きぼくろがチャラチャラした印象だが、これでも武人の名門トラデス子爵家の子息だ。

ヘンリーは、剣の才能を認められて、学園に在学中にもかかわらず王立騎士団に加入した天才である。

これまではアルフレッドの警護を任されることが多かったが、レイノルドに継承権が繰り上がってからは、第二王子の正式な護衛に任命された。

「王子サマ、そろそろ認めちゃえば？　自分は愛想を尽かされたんだってさ」

「尽かされてない」

「でも、手紙こなくなってんじゃん。信じたくないかもだけど、女の子って風見鶏みたいなものだよ。風向きが悪くなったら別な方に目移りもするって。

切り替えて次の子に行こうよ。クラブに行けば誰かしら捕まるし、なんならオレが紹介するけど？」

「いらない」

ヘンリーは剣の腕が立つ。頭もそれなりにキレる。

騎士としてはかなり優秀なのだが、女好きが最大の欠点だった。

孤立していたレイノルドを下町へ誘い、酒場やカジノでの遊び方を教えたのは彼である。

当人は、第二王子の悪友を気取っている。

だが、レイノルドは気づいていた。

自分を連れているとナンパの成功率が上がるため、だしに使われていると。

「俺は、マリアヴェーラ以外の女に興味がない。何度言ったらわかるんだ、お前は」

「王子サマこそ、何度説明したらわかってくれるわけ？　どんなに想っても叶わない恋はあるんだって」

「それはもういいだろ。俺の恋は叶った」

「叶ってなくない？」

ヘンリーは、休憩用の軽食をあさって、ハート形のチュロスを一つつまんだ。

「想いが相手に届いて、お付き合いに発展したことを恋が叶ったとみなしていいなら、これを機にお別れしたって未練はないはずだよね。でも、王子サマはそうじゃない。

あの公爵令嬢と、永遠に続いていくような約束が欲しいんでしょ。だから、お付き合いに乗じて結婚しようとしてる。てことは、王子サマの恋はまだ叶ってないんじゃないの？」

「叶ってない、のか」

レイノルドは衝撃を受けた。

では、今の自分はいったい何をしているのだ。

「結婚すれば、恋は叶ったと言えるのか？」

「たとえ結婚しても、離婚してしまったら、叶わなかったってことにならない？」

「意味がわからない。何が言いたいんだ」

「恋を叶えるなんて不毛だってこと。それなら、オレは恋なんかしなくていい。感情がなくたって女の子はかわいいし、デートもキスもできるわけだし、それで十分じゃない？」

「お前基準で恋を語るな。混乱する……」

レイノルドは痛み始めた頭に手を当てた。

マリアは、常々から恋がしたいと言う。

待ち合わせデートやペアのアクセサリーを身につけることが、彼女が思う恋人との正しいあり方であるなら、レイノルドは従うだけだ。

それで彼女が笑ってくれるなら、なんだってしてあげたい。

だからこそ気になる。

彼女がしたい恋とは、どんな形であれば叶ったと言えるのだろうか。

「なあ、ヘンリー」

「なあに、王子サマ」

三つ目のチュロスに手を出すヘンリーに、レイノルドは小声で尋ねた。

「恋ってどうやったらできるんだ」

「オレに聞く？　王子サマが長年こじらせてたのはなんなわけ」

「恋だと思っていた。だが、俺の思う恋と、マリアヴェーラの思う恋が違ったら、結婚を推し進めても彼女は幸せにならない」

深い溜め息をつく悪友を見て、ヘンリーは思った。

（男にもマリッジブルーってあるんだ）

結婚が決まると、トラブルや喧嘩が起こりやすいとは言われているが、本人たちの気持ちの揺れもまた、この時期特有のイベントかもしれない。

相手が好きだから、相手を幸せにしたいから、これでいいのかと思い悩む。

（まあ、恋だよね。王子サマがしているのは、どう見ても）

だが、正直に認めてやるのもつまらないので、ヘンリーは悪魔になる。

「お相手が何を求めているのかは、本人に尋ねるしかないんじゃないかな。女の子と仲良くなるには、なんでも聞いちゃうのがコツだよ。やってみて」

「お前を手本にすると破局する未来しか見えない。今月だけで何人の女を泣かせた？」

「覚えてるだけで三人？　音信不通の子が二人いるから、そっちも含めた方がいい？」

とぼけるヘンリーに、レイノルドは軽蔑の目を向けた。

そして「二度と恋を語るな」と命じたのだった。

❖

マリアは、自室でパーティー会場の図面を開いていた。

身につけたレモンイエローのサマードレスは、今夏にあわせて新調したものだ。

開けた窓から入ってくる風が、チュールで作られたスリーブ越しに肌を撫でるので、気温のわりに暑くはなかった。

指で図面をなぞりながら、どんな風に飾られるかイメージしていく。

「ここには軽食ブースが用意されるはず……」

「失礼いたします、マリアヴェーラ様。宮殿よりお手紙が届いております」

ジルが持ってきた白い封筒を見て、マリアは表情を明るくした。

「レイノルド様から？」

「いいえ。第二王子殿下の側近殿からです」

「そう……」

レイノルドと手紙のやり取りが途絶えてから、一〇日が経った。

マリアからは一通も送っていない。音信不通が一番良くないとはわかっていても、あんな預言を聞いた後では気後れもする。

レイノルドからの連絡を待つことにしたが、待てど暮らせど一報すら届かなかった。

報《しら》せが来ないのは、彼なりに破滅の預言に対処しているのかもしれないし、国王が結婚を認めるかどうか熟考している最中だからかもしれない。

ここでマリアが報告を欲しがれば、急かされているように感じるはずだ。

(これ以上、レイノルド様の負担を増やさないためにも、我慢しなくては)

どうせ、明日には婚約披露パーティーの打ち合わせのために宮殿に行く。

レイノルドも同席するので、そこで尋ねてみればいい。

そう思っていたのだが――封筒を受け取ったマリアは、便箋を開いて驚いた。

「明日の打ち合わせは中止する?」

几帳面《きちょうめん》な側近の字で記されていたのは、レイノルドと逢える機会の喪失だった。

「理由は、第二王子殿下が体調を崩して伏せっておられるため……大変だわ! 急いで出掛けます。服装はこのままでいいから、髪だけセットして上着を準備してちょうだい」

マリアは、大急ぎで支度を整えて、公爵家の馬車に飛び乗った。

馭者《ぎょしゃ》に頼んで、できるだけ速く宮殿まで走ってもらう。

流れるように過ぎ去る景色を、両手をきゅっと握って眺めた。

(預言を聞いた日に、一人で帰ってきたわたくしの馬鹿。どうして、レイノルド様をおそばで支えようと思わなかったの！)

門番に事情を説明して入れてもらう。

馬車を降りると、駆けつけてきた眼鏡の側近が一礼した。

「ジステッド公爵令嬢、ご用件は」

「レイノルド様が体調を崩されていると聞いて、いてもたってもいられませんでしたの。お部屋まで案内してくださいますか？」

「承知しました。殿下はお喜びになるでしょう。二日前にお倒れになるまでは、連日、貴方様からの手紙が届いていないか気にされていましたから」

「わたくしの手紙を、待っておられたのですか？」

マリアは驚いた。まさかレイノルドも待ちの姿勢でいるとは思わなかったのだ。

「はい。手紙が届かないので、殿下自らジステッド公爵家に行きたいとおっしゃっていましたが、今行動すれば余計な不評が立ちますと、側近一同でお諫めしたのです。国を破滅させる預言があったのに、どうして第二王子は婚約を破棄しない、という過激な意見が噴出しておりまして……。殿下は、こちらでお休みです」

寝室は、カーテンがぴっちり閉められていて薄暗い。

置かれた天蓋付きのベッドのシーツがこんもりと盛り上がっている。

隣の部屋に控えていると言って側近が離れたので、マリアは一人でベッドに近づいた。

そっと覗き込むと、レイノルドは深く眠っていた。

熱があるのか頬が赤く、額は汗ばんでいる。寝息はゼイゼイと苦しそうだ。

水を張ったボウルが準備されていたので、タオルを絞って額の汗を拭くと、レイノルドの目蓋が開いた。

うるんだ瞳は、右に左に動いて、マリアを見つける。

「あんた……」

「お見舞いにうかがいましたの」

「そうか……。夢の中で、あんたと婚約披露パーティーに出ていた」

レイノルドは、ぼんやりした様子で、タオルを握ったマリアの手に頬をすり寄せる。

「クマのぬいぐるみと、カラフルな風船と、でっかいチュロスで飾られた会場で……国王やネリネたちから祝福されて……」

「幸せな夢をご覧になっていたのですね」

夢の世界の二人は、現実の自分たちとは真逆だ。

聖女の預言によって、第二王子とジステッド公爵令嬢の婚約は、手放しでは祝えないものへと変わってしまった。

こうしてマリアが見舞いに来たと知られれば、さらに批判は大きくなるだろう。

早く帰った方がいい。

「レイノルド様のお顔が見られて安心しました。わたくしは、これで――」

タオルを置いて、ベッドを離れようとしたマリアは、スカートをクイと引かれる感触に振り返った。

見れば、レイノルドが弱々しい表情で、マリアの服をつまんでいる。

「ここにいてくれ……」

切なげに乞われて、マリアは心臓が止まるかと思った。

普段ぶっきらぼうでクールなレイノルドが、こんな風に甘えてくるなんて。

(体調を崩して、心細くなっていらっしゃるんだわ)

こんな時、恋人にできることは、ただ一つ。

マリアは、近くにあったスツールを引き寄せて座り、スカートを握っていたレイノルドの手を両手で包み込んだ。

「はい。わたくし、レイノルド様のおそばにおりますわ」

すると、レイノルドは、ほっと息を吐いて目を閉じた。

聞こえてきた寝息は、先ほどより少しだけ楽になっていた。

マリアは、水を絞ったタオルを彼の額に当てて、安らかな眠りが続くように見守る。

その後ろ姿を、隣の部屋から側近がこっそりうかがっていた。


「――ん」

深夜、目を覚ましたレイノルドは、ぼやけた視界に暗い天井を映して、長い長い息を吐いた。

眠っている間、酷い頭痛と倦怠感《けんたいかん》、やたらとかわいらしい夢に翻弄されたが、熱が下がったせいか楽になっている。

窓枠の形に途切れた月光を浴びながら、濡れたタオルを手で押さえて起き上がる。

足に重みを感じて見ると、ちょうど膝の辺りに突っ伏して眠るマリアの姿があった。

「あんた、なんで……」

目を見開いたレイノルドは、おぼろげに思い出す。

夢の合間に、彼女と言葉を交わしたことを。

マリアは、タオルを濡らしてレイノルドの汗を拭ってくれた。

久しぶりに彼女の顔が見られて安堵《あんど》したのに、急に帰りたそうに席を立ったから。

「ここにいてくれと言ったんだった」

律儀にそばにいてくれた彼女の優しさに、レイノルドはたまらなくなった。

レモンイエローのサマードレスは日中の装いだ。高貴な令嬢が、昼間から一度も着替えずに夜まで過ごすなんて一大事だろうに、片時も離れなかったらしい。

椅子に座ったまま突っ伏して眠るのだってそうだ。マリアに妃教育をほどこした教師が見たら、行儀が悪いと頭から角を出して怒るだろう。

「ありがと、な」

この人と結婚したら国が滅ぶだなんて、言いがかりにもほどがある。

マリアは、レイノルドの人生において、なくてはならない女性だ。

彼女がいるから、レイノルドは不当な扱いを受けても、心が荒れ果てても、第二王子の身分を投げ出さずに生きてこられた。

マリアと結ばれるためならなんだってする。悪役にだってなれる。

それだけ長い間、レイノルドはマリアを想い続けてきたのだから。

「恋がしたいのは、あんただけじゃないんだぞ」

レイノルドは、唇を尖らせてマリアの頬を突いた。

すっかり安眠しているマリアは、「装飾にはもっとリボンを……いいえ、チュロスではなく」とわけのわからない寝言を発する。

「はぁ……。あんたは、ほんと……」

かわいい。ものすごく。誰にも見つからないように宝箱に押し込めて、大事に大事に育めたらどんなにか素敵だろう。

おかしな妄想はとめどなく、病み上がりの夜は更けていった。


そよそよと風が肌を撫でる。

暑くも寒くもない心地良い空気感に、マリアはふっと目蓋を開けた。

見慣れない天井が広がっていたので、小首を傾げる。

（ここは、どこかしら……？）

朝日が差し込む窓を見ると、スツールに腰かけて腕を組んだレイノルドが、壁にもたれかかるように眠っていた。

ベッドから下りて駆け寄ろうとしたマリアは、シーツに足を取られて転びかけた。

「きゃっ」

傾いだ体をガシリと抱き止められる。

「いきなり起き上がるな。怪我でもしたらどうする」

起き抜けに助けてくれたレイノルドは、マリアを抱き上げてベッドに座らせた。

「あんた、ずっと看病してくれたんだな。おかげで風邪が治った」

「大事にならなくて安心しましたわ。窓辺で眠ってはぶり返してしまいます。わたくしのことは放っておいて、ベッドでお休みになってかまいませんでしたのに」

「そうすると、あんたが寝る場所がないだろ」

さらりと言われたが、ベッドはキングサイズよりも大きな特注だ。

マリアは身長こそ高めなものの、体つきは細い方なので邪魔にはならないはず。

「こんなに大きいのですから、端に置いても落ちませんわよ？」

「端でも同じベッドだろ。あんたの意思も確かめずにそんなことはしない」

よく寝た、とレイノルドは、両腕を高く上げて伸びをした。

考えなしだったマリアは逆に体を縮める。

（そうよね。結婚前の男女が同じベッドで眠るわけにはいかないわよね）

だが、王子を椅子で寝かせて、自分はのうのうとベッドを占領するなんて、ジステッド公爵家の令嬢としてあるまじき失態だ。

あと、単純に寝顔を見られたのが恥ずかしい。

手で顔を覆って身もだえしていると、キイと扉の開く音がした。

「うわ。マジだった……」

姿を現したのは、トラデス子爵令息のヘンリーだった。

同期の卒業生で、元は第一王子の護衛をつとめていたので、マリアもよく知る人物だ。

部屋に入ってきたヘンリーは、マリアに向かってお辞儀をした。

「ごきげんよう、マリアヴェーラ様。王子サマもおはよう。もう一〇時だけど、朝食を温め直す？　それともお茶にする？」

「どちらも後だ。お前が俺を起こしに来る時は非常事態だろ」

「非常事態、とは？」

不安になるマリアに、ヘンリーはへらっとした笑顔で話しかける。

「心配しないで。高嶺の花が宮殿に来て、第二王子の寝室に入ったきり出てこないって、さっそく評判になってるだけ。どちらも箱入りかと思っていたら、やるねー」

「彼女は、俺の看病をしていただけだ」

憮然とするレイノルドに頷くマリアだったが、「誰が信じるの？」と一蹴される。

「表向きはなんとでも言えるだろうけど、最悪の状況だよ？　婚約式典もまだの二人が一線を越えたって噂が立ったら、悪く言われるのはご令嬢の方。

『なんてふしだらな』ってね。王子サマの結婚相手を決めるのは国王サマで、国王サマは聖女ネリネに心酔してて、二人の心証が悪くなってる時にコレ。この意味、わかるよね？」

「わかっておりますわ、ヘンリー様」

国王がこの結婚に待ったをかけたら、再度認めてもらうのは難しい。

本来、王族の結婚というのは慎重な選定によって行われるもの。

マリアが急場で第二王子の相手になれたのは、第一王子の妃候補として、先にお墨付きを得ていたからだ。

後から不名誉な事実が露見すれば、当然、周りが止めにかかる。

幸か不幸か、こういう場合の処し方についてマリアは詳しい。

「不名誉な噂につきましては、ヘンリー様にご協力いただければ解決しますわ」

「オレ？」

自分を指さすヘンリーに、マリアは寝起きとは思えないほどさっぱりした顔で言う。

「貴方が一晩中、この部屋にいたと証言してくだされば、いかがわしい噂はなくなりますでしょう？」

後ろ暗いところが一点もないマリアだが、第二王子の婚約者に内定した当初は他の貴族からの嫌がらせも多々あった。

そういう時、父がどう対処していたのか知っている。

とにかく味方を増やすのだ。金に糸目を付けず、売っておいた恩をフル活用して、敵にいたるまで懐柔する。時には脅すこともある。

マリアは、ジステッド公爵家の人間らしく高圧的に迫った。

「お断りになったら、ヘンリー様が軽い気持ちでお付き合いして泣かせたご令嬢を集めて、裁判に持ち込もうと思いますがいかがでしょう？」

「ごめんなさい、それだけはやめて。家から勘当されちゃう」

ヘンリーは、両手を挙げて申し出を受け入れてくれた。

「本当に頼めるのか、ヘンリー」

「引き受けないとオレが破滅するじゃん。昨日は眠すぎて遊び歩かなかったからアリバイもばっちり。

『第二王子は好きな令嬢が一晩部屋にいたのに指一本も触れないダメ男だった〜』って大声で吹聴しとくよ。でも、対策を練るのは遅かったかもね？」

「なぜです」

次に言われた言葉に、マリアの呼吸が止まった。

「マリアヴェーラ様にお呼び出しですよ。王妃サマから、直々に」


（どうしてこんなことになったのかしら）

マリアは、作り笑顔を顔に貼りつけながら冷や汗をかいていた。

ついたテーブルの真っ正面には、このタスティリヤ王国の王妃――レイノルドの母親が、こちらもニコニコ顔で座っている。

深みのある銀色の髪は一つにまとめ、絹の光沢が美しいエンパイアドレスで高貴な雰囲気を高め、レイノルドとよく似た青色の瞳を細めている。

しかし、目の奥は少しも笑っていない。それが非常に怖い。

「マリアヴェーラさん、呼び出しに応じてくださって嬉しいわ。昨日はレイノルドが風邪をひいてお世話になったそうね？」

「はい。心細くなっているようでしたので、一晩おそばに付き添っておりました。宮殿内におかしな噂が流れていますけれど、ふしだらな行いは決してしておりません。

わたくしとレイノルド第二王子殿下が潔白であることは、同じく殿下の看病をしていた近衛騎士のトラデス子爵令息が証言してくださいます」

マリアは、怯えが声に表れないように慎重に答えた。

王妃がマリアに何をしようとしているのかは、テーブルの上を見ればわかる。

ケーキの載った三段皿や、ガラスカバーをかけたタルト。籠に詰め込まれたチュロス。スコーンは冷めないようにウォーマーに包まれていて、カラフルなチョコやフレーク、宝石のように光るジャムがトッピング用の小皿に準備されている。

午前中から楽しむには、ボリュームが多すぎる。

（王妃殿下は、その器量の良さから、王家に嫁いだ前例のなかった伯爵家より召し上げられた方。貴族令嬢としての身の振る舞いにかけては、右に出る者がいなかったという伝説をお持ちの、わたくしの憧れ……！）

令嬢の社交術は、日常の中に取り込まれている。

相手と仲良くなりたければ、服装と家柄を褒めること。

距離を置きたいなら、手紙の文章を素っ気なくしていくこと。

そして、言うことを聞かせるためには、美味しいケーキと紅茶で持てなすこと。

王妃がわざわざ手の込んだ品々を準備させたのは、マリアの口を割らせるためだ。

このティータイムは、マリアのようにマナーを叩き込まれた貴族令嬢だったら逃げられない舞台装置なのである。

王妃は、羽根扇で顔を扇ぎながら、マリアの手の内を明かす。

「貴方を召喚すると決めた時から、潔白を主張なさるとわかっていました。証言者を用意してくることもね。すでに買収されているかもしれないトラデス子爵令息の証言は必要ありません。

私は貴方の言葉だけを信じます」

王妃が目で合図を送ると執事がやってきて、マリアの前に二客のカップを置き、それぞれ別のポットから紅茶を注いだ。

どちらも薫り高いダージリンだ。

対する王妃の方には、一客も置かれていない。

「どうしてわたくしにだけ、二杯も紅茶をお出しになったのですか？」

「それはね、マリアヴェーラさん。そのカップのどちらか片方に、自白剤が入っているからですわ」

「自白剤⁉」

青ざめるマリアに、王妃は笑顔を崩さずに持ちかける。

「貴方はジステッド公爵家始まって以来の才媛ですもの。急にお泊まりしたと聞いて、どんな酷い格好を見せてくれるかしらと思っていたのに、綺麗に身だしなみを整えてきた。それを見て察しましたの。この令嬢は、レイノルドを手中に収めて次期王妃となるためなら、どんな策略を使うかわからないと」

マリアヴェーラは、いつも侍女と着替えを用意して外出する。

前の婚約者に振り回されて身についた癖だったが、特に今回は役に立った。

レモンイエローのサマードレスを、衿の詰まったワインレッドのドレスに着替え、侍女の手で髪をまっすぐに梳いてもらい、ココシニク風のカチューシャを挿している。

年上の女性に好かれる、控えめで品のある装いだ。

それが、王妃は気に入らないらしい。

いや、気に入っているからこそ認めるわけにはいかないのだ。

王妃は、がっかりした様子で頬に手を添えた。

「いびり甲斐《がい》がないわ……。アルフレッドの隣にいた頃から、貴方はいつ見ても完璧だったものね。結婚した暁には、必ずやレイノルドの助けとなる素晴らしい王妃となるでしょう……でもね？

悪いけれど、貴方たちの恋を叶えるために、国が滅んでしまっては困るのよ」

王妃は、聖女に破滅の預言をされて婚約破棄されそうになったマリアが、風邪で気弱になっているレイノルドをたぶらかして、一夜の誓いをかわさせたと思っているらしい。

（王家に嫁ぐ女性は、慎ましくあるべき。それを破ったとあれば、国王が結婚を認めない理由になるわ）

だから、王妃はマリアに出す紅茶に自白剤を入れた。

二つのカップのうち、片方にしか入れていないのは、マリアに選択肢を与えて自分が一方的な悪者になるのを防ぐためである。

全てが終わった後、執事はこう証言するはずだ。

『――自白剤の入っていない紅茶もあったのに、ジステッド公爵令嬢は、あえて入っている方をお飲みになり、自らの罪を告白なされたのです――』

自責の念を抱いて自白したとなれば、ジステッド侯爵家へのお咎めも少しは軽くなる。

王妃の温情は、マリアを気に入っているからこその配慮だ。

マリアは、二客のカップを見下ろした。

どちらも水色《すいしょく》は淡い紅茶色。香りもまったく一緒。

湯気の立ち方から、温度や抽出時間も同じだとわかる。

果たして、どちらが自白剤入りなのか。

（こういう時は――）

マリアは、純銀製のティースプーンを持ち上げて、両方のカップに砂糖を入れた。

青酸毒などが入っていれば銀は変色するものだ。しかし、反応はない。

（自白剤は、銀に反応する薬物ではないようね）

「マリアヴェーラさん、そんな風にもったいぶっていると、紅茶が冷めてしまうわよ？」

王妃の笑みが怖い。

自分より高位の人間から勧められた紅茶は、必ず口をつけるのが令嬢としてのマナー。

これを断ることは、ジステッド公爵令嬢として許されない。

（どちらが自白剤入り？　右か、左か……）

マリアは、自分が王妃ならどちらに入れるか考えて、ふと思いついた。

緊張した面持ちで左のカップを持ち上げて、透けるように薄い縁に唇をつける。

わずかに傾け、砂糖が溶けて甘くなった紅茶を口にふくんで、こくりと喉を動かす。

そして。

マリアは、もう一方のカップを持ち上げると、そちらの紅茶も飲み込んだ。

「マリアヴェーラさん？」

驚いたのは王妃だ。瞳を見開いて、怪訝そうに表情を歪める。

「なぜ両方とも飲んだのです？」

「どちらも王妃殿下がわたくしに出してくださった紅茶です。ジステッド公爵令嬢として口を付けないわけにはまいりません。それに……たとえ自白剤入りでもかまわないと思いました。

わたくしとレイノルド様は、不純なお付き合いなんて一切しておりませんもの」

片方を選んで、もしもそちらが自白剤入りではなかったら。

王妃は、マリアの勘の良さを腹立たしく感じるだろうし、一夜の過ちの疑惑は晴れない。

聖女ネリネがもたらした破滅の預言によって、マリアへの期待が下降の一途をたどっている今、恐れるべきは自白させられることより、心証が悪化することなのだ。

（それなら、わたくしはどちらも選んでみせるわ）

自白剤というものが、どこまで真実を暴けるのか知らない。

だが、本当に起きたことだけを明らかにする薬なのだとしたら、マリアはレイノルドの看病のために付き添って、うっかり居眠りしてしまった事実しか口にしないはずだ。

「素晴らしい度胸だわ。マリアヴェーラさん」

王妃は感服した様子で手を叩いた。

「安心してちょうだい。左右のカップ、どちらにも自白剤は入っていないわ。そもそも私は、レイノルドと貴方が一線を越えていても咎める気なんてなかったの」

「それでは、どうして試すような真似を？」

「貴方が、あの忌まわしい聖女に勝てるかどうか、見極めたかったのよ」

「忌まわしい……？」

わずかに開いた窓から、涼しい風が吹き込んできた。

だが、マリアの二の腕を粟立《あわだ》たせたのは、王妃の顔つきの方だった。

積年の恨みを募らせたような険しさが、年齢不詳の美貌に皺《しわ》を刻んでいる。

「ネリネさんはね、国王陛下が地方を視察された際に、拾ってきた子なのよ」


その昔、貧しい村で休憩した国王一行は、土にまみれて遊んでいた幼いネリネに「これから嵐が来るよ」と話しかけられた。

無視して進んだところ、崖沿いの道に入る寸前のところで黒雲が見えた。馬を停《と》めてすぐ突風が吹き、巨大な岩が降ってきて道に埋まった。

もしも嵐の兆候を見逃していたら、国王は馬車もろとも岩に潰されていただろう。

急いで村に戻った国王は、ネリネを命の恩人として城に連れていくと決め、彼女を育てていた古宿の主人と女将《おかみ》に、たくさんの褒美を授けた。

（それは、国王を宿に泊めるための嘘だったのでは……？）

マリアの心の声が聞こえたかのように、王妃はうんざりと肩を下げる。

「古宿の主人は、通り過ぎる旅人を引きとめるために、娘に嵐が来ると言わせていたにすぎないわ。けれど、陛下は彼女に預言の力があると信じ込んでしまったの。いきなり女の子を預けられて、『王子たちと共に育てよ』なんて言われた私は本当に困ったわ。しかもあの子、ちやほやされるうちに王族になったと勘違いしたようで、わがまま放題になってしまったの。

毎月一つの預言を行っているけれど、それもろくな内容ではないのよ」

聖女の預言は、実に簡単だ。

地方で長雨が降るとか、王都で盗みが起きるとか。

少し前には、辺境の貴族が反乱を企てているとか適当なことを言って、大勢の騎士をレンドルム領に向かわせる騒ぎを起こした。

（辺境伯にそういった兆候も、戦意もないと貴族は知っていたから、真に受けなかったのよね）

騒ぎを治めたのは、マリアの父ジステッド公爵による仲介だったので、マリアも事の顚末をよく知っている。

「王妃殿下は、聖女ネリネを信じておられないのですね」

「国王の周りの有能な者たちは皆そうよ。あまり考えるのが得意でない侍女やアルフレッドは信じて怯えているようね。

貴方は、彼らのような文句だけは言う大勢を相手にして、これから戦わなければならないわ。その度胸があれば、少しは抗《あらが》えそうね」

マリアは試されていたのだ。

信憑性《しんぴょうせい》のない預言に騒ぐ人々と、渡り合えるかどうかを見定めるために。

王妃が目で合図を送る。

執事は、マリアの前にあった二客のカップを、新しく淹《い》れた紅茶に取り替えてくれた。

「ここからは、思惑抜きでお茶を楽しみましょう。どのお菓子も私の好物なのよ」

王妃の勧めでラズベリーパイを食べたマリアは、バターの香りと甘酸っぱい味わいにほっぺたが落ちそうになった。

思わず頬を紅潮させると、王妃は「あら」と瞬きした。

「貴方、そんな顔ができる子だったのね……。そういえば、ジステッド公爵が肖像画家のレンドルムを招いたというのは本当なの？」

「今、わたくしの絵を描いてもらっています」

「大丈夫？」

「はい？」

王妃は、心配そうな顔つきで壁を見やった。

そこには、少し雑なタッチで描かれた王妃の肖像画がかけられている。

「この下手な肖像画、レンドルム作なのよ」

「この……言ってはなんですが、パッとしない色合いで、王妃殿下の美しさを微塵《みじん》も表現できていない、これが？」

「驚くでしょう。辺境伯の息子だというから頼んだのだけれど、期待外れだったわ。その後で才能が開花したのか、急に評判が良くなったのよ。

ネリネさんも描いてもらったと自慢してきたわ。下手なのは相変わらずでも、不思議と魅力的に見えるようね」

レンドルムの絵が巧みでないことにはマリアも気づいていた。

プロになったばかりのような初々しい描写でも、なぜか輝いて見えるから女性に人気なのだ。

（クレロ様の絵が輝いて見える理由は気になるけれど）

とりあえず今は、ほっとして空いたお腹をケーキで満たしたい。


レイノルドの私室のドアを開けて、ヘンリーが顔を出した。

「おーい、戻ってきたよ」

落ち着きなく待ちぼうけていたレイノルドは、すぐさま廊下へと急いだ。

絨毯が敷かれた廊下では、張り詰めた雰囲気で部屋を出ていったマリアが、余裕そうに微笑んでいる。

「レイノルド様、疑いは晴れましたわ。ご安心くださいませ」

「そうか……」

ほっとして背を丸めたレイノルドは、彼女の腕にある籐《とう》のバスケットに目を留めた。

「それは？」

「お菓子です。わたくしがあまりに美味しそうに食べるから、王妃殿下が気を利かせて、あれもこれも持っていくように、と」

恥ずかしそうに頬を染めるマリアのかわいらしさに、レイノルドの母もノックアウトされたらしい。

「血は争えないねー。マリアヴェーラ様って意外と人たらしかも」

面白そうに首を突っ込んできたヘンリーに、マリアはきょとんとしている。

レイノルドは、ヘンリーの『人たらし』という言葉がしっくりきた。

こんな迂闊《うかつ》な表情を自分以外の人間に見せていると思ったら、急に腹立たしくなる。

「ヘンリー、お茶の準備をしてくれ」

レイノルドは、マリアをヘンリーから引き剝がして言う。

「スティルルームメイドあたりに、王妃と高嶺の花が和解したと流すのも忘れるな」

「はいは〜い。王妃サマも人が悪いね」

手を振りながら、ヘンリーは廊下を歩いていった。

レイノルドは彼の言葉の意味がわからずむっとする。

「人が悪いとは、どういう意味だ」

「それはこういうことですわ」

王妃がマリアに菓子を山ほど持たせたのは、レイノルドともお茶をさせるためだ。

準備はメイドや執事がする。彼らに和解したとそれとなく吹き込み、宮殿中に話を広める機会を与えてくれたのである。

（母上は俺らの味方、と考えてもいいのかもな……）

その後、マリアとレイノルドは、テーブルについてお菓子とお茶を味わった。

とても美味しかったが、同席したヘンリーに「ほんとうに、ほんとうに、なんにもなかったわけ？」と酔っ払いみたいに絡まれた。

二人が「沼のように眠っていた」「わたくしもぐっすりと」と照れながら明かすと、細い眉を吊り上げて「貴様ら、その色気はハリボテか！」と叱責されてしまった。

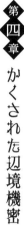

第四章　かくされた辺境機密

――聖女に破滅の預言をされたジステッド公爵令嬢が、王妃に認められた。

噂が宮殿を走ったおかげで、マリアとレイノルドは再び会えるようになった。

とはいっても、国王が二人の婚約を破棄させる可能性は依然として残っている。

不安にならないと言えば嘘になる。

それでもマリアは、落ち込んだ姿を周りに見せないように毅然《きぜん》として振る舞った。

こういう時、自分が〝高嶺の花〟でよかったとつくづく思う。

気高い表情を作ってさえいれば、誰も深く追及してこない。

『こんな状況でも揺るがないとは、さすがジステッド公爵令嬢』と持ち上げるだけだ。

どうしようもない陰口は立てられるだろうが、そういうのが好きな輩は危害を加えてくるだけの行動力を伴わないので、むしろ安全とも言える。

「……天体観測？」

宮殿のテラスでお茶を楽しんでいたマリアは、向かいの席で婚約披露パーティー会場の指示書を読むレイノルドの話に目を見開いた。

「ああ。トラデス子爵家の別邸に貴族の子息が集まって、星を見る名目で夜通し酒盛りする催しだ。毎回サボっていたが、今年は行こうかと思っている」

「そうですか。お酒に飲まれませんように」

「あんたも来ないか？」

さらりと呼びかけられて、チュロスに伸びた手が止まった。

「わたくしも行ってよろしいのですか？　ご令息の中に、女性が交じってはご迷惑なのでは……」

「主宰はヘンリーだぞ。当然、令嬢たちにも声をかけている。ただし、家には内密に」

貴族の若者と結婚前の令嬢が、後見人も連れずにいっしょに星を見るだなんて、家に知られたら大変なことになる。

令嬢たちは、令嬢同士で集まって星を観察する、という名目で集まるらしい。

「あんたが来ないなら俺も行かない。行くなら行く。どうする？」

レイノルドは顔を上げた。悩むマリアを見つめる瞳は猫のようだ。

期待とちょっとの不安。

でも、誘わずにいられない欲が顔を出している。

マリアは、ふふっと微笑んで頷いた。

「わたくしもまいりますわ。ただし、一つお願いがあります――」

トラデス子爵家の別邸。

真夜中の広間では、ヘンリーの誘いに乗った令息、令嬢たちが集まり、高い酒を開けて歓談していた。

星を見る会なのに、曇り一つなく磨き上げられた天窓を見上げる者はいない。

男性は男性で、女性は女性で集まれるように、テーブルやソファが分けられている。

個別の椅子を二つ近づけて男女で座るのは、恋人であるというサインだ。

アルコールの香りはするが、下町の酒場のようにくっつく男女はいなかった。周りが遠ざかった隙に、こっそり手を繋ぐくらいである。

マリアはというと、別室でテーブルに用意されたシードルを味わっていた。

周囲には誰もいない。正真正銘の一人きりだ。

レイノルドに『参加はするが姿を見られたくない』とお願いをしたところ、ヘンリーが気を利かせて用意してくれたのである。

馬車も遠くで降り、マリア一人だけ勝手口から入る徹底ぶりだった。

今も頭から薄布を被り、万が一、誰かが入ってきても顔を隠せるようにしている。

（さすがに、わたくしが参加したら騒ぎになってしまうもの）

レイノルドは、貴族が大勢いる広間の方にいる。ヘンリーと顔見知りの下町の悪友たちもまばらに参加しているので、最後の語らいをしているのだ。

結婚すれば、町に下りて自由に歩き回る生活には戻れない。

そういう分別の付け方を、レイノルドは心得ていた。

（レイノルド様がわたくしを呼んだのは、貴族令嬢が多数いる場に一人で参加して、不安がらせないようにするためだったのね）

どんなに一途な恋人同士だって、相手が異性の多数いるイベントに参加すれば、他の人に誘惑されないか不安になるだろう。

黙って参加しておいて、後で「何も起きなかったから大丈夫」と主張しても遅い。

これは思いやりの話だ。間違いが起こる起こらないは要点ではない。

恋人を不安にしないため、参加しない。

参加するなら、恋人も連れていく。

小さな気遣いだけれど、レイノルドのそういう優しさが、マリアは好きだった。

生ハムのカナッペを味わっていると、コンコンと扉をノックされた。

「悪い。待たせた」

現れたのはレイノルドだった。

酒を飲んでいるのに、少しも酔っていなさそうな足どりで部屋に入ってくる。

「ゆっくりされていてもよろしくてよ。美味しい料理をいただいていますから」

「あんたがいないと面白くない」

レイノルドは、マリアが被った薄布を前で合わせると、手を握った。

「天文室が空いた。星を見よう」

顔を隠したマリアとレイノルドは、人目につかないように注意しながら天井裏に設けられた天文室へ向かった。

数台のランタンが灯る暗い部屋。

天井は半球の形をした大窓になっていて、夜空に向けて巨大な望遠鏡が置かれている。

「大きな装置ですね。わたくし、これほど本格的な望遠鏡は初めて見ましたわ」

「トラデス家の数代前の当主が星に凝っていた。これは外国から取り寄せた物で、レンズに透明度の高い魔晶石を使っているらしい。人払いはすませてあるから、布をとって観察しても大丈夫だ」

「わかりました」

マリアは、薄布を頭から外して、レンズを覗き込んだ。

濃紺の空に、白や赤、黄色といった砂糖粒のような光がきらめいている。

星はここよりはるか遠くにあって、今見えている光は何光年も先の輝きだという。

時を超えて届いたロマンに、マリアはうっとりと頬を染めた。

「綺麗だわ……」

「俺も見たい」

突然、レイノルドに後ろから抱きしめられた。

ドキッと鼓動をはねさせるマリアの動揺を知ってか知らずか、甘えるように肩先に顔をのせている。

「ど、どうぞご覧になってください」

マリアは望遠鏡の前からどこうとするが、レイノルドは、マリアのお腹に腕を回したままレンズを覗き込む。

「ああ、綺麗だ」

耳元で低い声が響く。背中に感じる体温が熱い。

新たな星を見つけるたびに漏れる息の甘さに、マリアの体は熱を帯びていく。

(どどど、どうしたらいいの！)

腕を振り払って逃げるのでは、まるでレイノルドが悪いみたいだ。

彼は星を見ているだけ。

せっかく楽しんでいるのに邪魔はしたくない……！

きゅうっと手を握って恥ずかしさに耐えていると、レイノルドに笑われた。

「なに百面相してんだ、あんた」

「！　レイノルド様、いつからこちらを見ていらっしゃったのです!?」

「ほぼ、あんたしか見てなかった」

吐息のいくつかは、星ではなくマリアを見て漏れた溜め息だったようだ。

ドキドキが止まらないマリアの手を引いて、レイノルドは望遠鏡が向けられている大窓の近くに腰を下ろした。

隣に座ると、レイノルドは寝転がって、マリアの膝枕に頭をのせる。

「れ、レイノルド様」

「俺は、望遠鏡よりこっちで見る夜空の方がいい。あんたの顔も見えるしな」

不敵に微笑まれると逃げられない。

マリアは叫びたい気持ちをぎゅっと押さえて強がった。

「わたくしの顔なんて、見慣れておいでですでしょうに」

「星といっしょに見るのは初めてだ。来てくれて、本当に嬉しい」

レイノルドは手を伸ばして、薄布でほつれた髪をマリアの耳にかけた。

「俺は、星空というと恋人と見るイメージがある。だから、あんたと見たかった。だが、俺がしたいと思うことは、あんたのしたい恋の形とは違うかもしれない」

「そんなことは」

「あるかもしれないだろ」

不安そうな色を含んだ声が、マリアに投げかけられる。

「俺に、あんたがしたいことを教えてくれ。夜空の下の恋人たちはどうする?」
「そ、れは……」
マリアは言葉を切った。
恋人たちが二人きりで美しい星空を見上げてすること。
そんなことは一つしかない、けれど。
(あれを、レイノルド様に伝える? 言っても、してくださるかどうか)
一人で思い悩むマリアを、レイノルドは期待に満ちた目で見つめている。
青い瞳が潤んでいるのを見て、あ、とマリアは気づいた。
彼は、たぶんその答えを自《おの》ずと知っている。
なぜなら、レイノルドも恋をしているから。
恋人たちは、誰に教わらなくてもわかってしまうのだ。
夜空の下で何をするのか。
「キスを、しますわ」
そう言って、マリアはそっと目をつむった。
レイノルドは静かに起き上がる。
膝が軽くなって、床に手をつく物音がして、顔が近づいてくる感覚があって――。
強ばっていた唇に、ちゅ、と優しい感触がした。

ぱっと目蓋を開けると、すぐ近くにある顔が同じように赤くなっていた。

「……星より、あんたが好きだ」

再び重なった唇は先ほどよりも熱く、とても甘くて優しかった。

◆

豪華絢爛《けんらん》な劇場には、色とりどりのドレスを着た夫人や令嬢、宮廷服に身を包んだ殿方たちが集まっていた。

真夏の夜に開かれるオペラは、貴族にとって娯楽であり大事な社交場でもある。

楽しそうに会話を弾ませていた観客の視線は、時おり二階のボックス席へと動く。

そこにいるのは、孔雀羽のようなピーコックブルーのドレスを身にまとった、気高くも麗しき公爵令嬢――マリアヴェーラ・ジステッドだった。

マリアは、視線の矢を浴びながら、父親のジステッド公爵と並んで椅子に座っていた。

中央の特等席を見ると、めかし込んだアルフレッドとレイノルド、そして聖女ネリネの姿があった。

アルフレッドは赤、レイノルドは青の装い。ネリネの白いドレスは袖にボリュームがあり、遠目からでもわかるくらい金の刺繍がこれでもかと入っている。

劇場では、舞台上の役者より派手な格好はご法度だというのに、ずいぶんな目立ちたがり屋だ。

（王妃殿下が手を焼くわけだわ）

開演時刻ちょうどに幕が上がる。

魔女から国王になると預言を授けられた男が、預言の通り国王に成り上がり、その地位を守るために罪を重ねていく物語だ。

悲劇へと突き進む主人公の運命は、情感に満ちた音楽と重なって盛り上がっていった。

悲しくも美しい物語に、マリアは自分の境遇を重ねてしまう。

（わたくしとレイノルド様の結婚が、国を破滅させる）

聖女の預言は出まかせである可能性が高い。それも、かなりの確率でだ。

しかし、嘘は言った者勝ちのものでもある。どんな突拍子もない話も、広まるうちに信憑性を増していき、なんの落ち度もない誰かを貶める。

知り合いの誰それが聞いたそうだ。

友達の友達が言っていたらしいんだけど。

そうやって人の口を伝っていく中で、嘘は真実のお墨付きを得るのだ。

「さて、知人に挨拶してくるか」

父が立ち上がったのでマリアは我に返った。

いつの間にか幕が下りて、休憩の時間に入っていた。

「お父様。わたくしも、レイノルド様にご挨拶してまいります」

マリアは、特等席に上がるための中央階段へと向かった。

ボックス席から一度ロビーへ下りて、そこから奥まった通路へと入る。

階段の下には鎧《よろい》を身につけた兵が立っていて、かなり厳重な雰囲気だ。

第二王子の婚約者だと告げて、スカートをつまみ上げたところ、後方から声をかけられた。

「マリアヴェーラ様」

背後にクレロが立っていた。

黒髪を引き立てる緑色の宮廷服と手袋の白さが目を引く、麗しい装いだった。

どんな女性も目で追うような美丈夫なのに、今日は誰も連れ歩いていないようだ。

「クレロ様も観劇していらっしゃったのですね」

「一階席で見ていました。観客はボックス席にいらっしゃるマリアヴェーラ様に夢中でしたよ。特等席に王族がいるのに、ジステッド公爵令嬢への賞賛ばかり」

「本当のことをおっしゃってくださいませ。わたくし、悪評を立てられるのには慣れておりますの」

破滅の預言は宮殿内にとどまらず貴族にも届いている。

素晴らしい劇よりもマリアが話題になっているのは、一人歩きしている噂の方が面白いからだろう。

クレロは、暗い表情になって溜め息をついた。

「正直に申し上げますと、酷い噂ばかりでした。マリアヴェーラ様がその美貌で第二王子をたぶらかし、王妃も味方につけた。

そのせいで国が滅亡して、国民がその報いを受けさせられると、大声で話す夫人が隣にいたのです」

「お気になさらずともよろしいのに。噂好きの者は、飽きるまで放っておくよりありませんわ」

「ですが……」

言葉を切ったクレロは、マリアの耳元にそっと吹き込んだ。

「こうなったのは聖女のせいでしょう。実は、ネリネ様についてお耳に入れたいことがございます」

「！」

クレロは、ネリネの肖像画を描いた経験がある。

ジステッド公爵家に滞在して、長椅子に座らせたマリアに向き合っていたように、ネリネとも長い間いっしょにいたはずだ。

わがまま放題の聖女に一泡吹かせられるような情報を握っているかもしれない。

「ぜひ、お聞かせください」

マリアが告げた時、次の幕を報せる鐘が鳴った。

だが、劇場に戻る気は二人ともなかった。

ホールに戻っていく流れに逆らって休憩室に向かう。

そこには、ボックス席の利用者だけが使えるサロンもあり、人はまばらだ。

「こちらでしたら、誰にも聞かれないと思いますわ」

マリアは、サロンの奥まったところにある個室へクレロを導いた。

曇りグラスで仕切られていて、明かりはランプ一つという薄暗さ。そのため、あまり利用する客はいないから内緒話には打ってつけだ。

「聖女について、話したいこととはなんでしょう?」

シャンパンを運んできたスタッフが去ったのを合図に、マリアは話を切り出した。

「ネリネ様は、私に肖像画を描かせている間、何度も話してくださいました。どうしたら第二王子殿下を手に入れられるか、ずっと考えていたのだと」

預言の力がないネリネは、いつ自分の嘘がバレるか危機感を募らせていた。

偽の聖女だと国王に知られて宮殿を追い出されたら、贅沢な生活ができなくなる。

そこで彼女は思いつく。

王子の妃になってしまえばいいのだ、と。

「彼女は、国王の外遊についていった経験があり、とある帝国の妃が描かせた、それはそれは美しい肖像画を見て心を奪われたのだそうです。

その肖像画は、まるで魔法でもかけられたようにキラキラと輝いていた。それを思い出して、自分も輝く肖像画を作って第二王子に気に入られようと思いつかれたのです。そして——私が選ばれた」

手袋から抜かれたクレロの手が、キラリと輝いた。

光っているのは爪の隙間に入り込んだ絵の具だ。

「クレロ様、それはなんです？」

「失礼」

「きゃっ！」

強く肩を押されて、マリアはテーブルに押し倒された。グラスは床に落ちてガシャンと割れ、まとめていた亜麻色の髪はほつれてテーブルに広がる。

「マリアヴェーラ様、私はどうしても貴方を諦めきれない。ネリネ様が第二王子と、貴方が私と結ばれれば、全てが上手くいくと思いませんか。

幸いにも私は多数の貴族に引き立てられる身。貴方に不自由な暮らしはさせません……」

クレロはマリアの首元に顔を伏せる。

肌に感じる熱い息に、ゾゾゾッと鳥肌が立った。

マリアはクレロの体を両手で押す。

「離しなさい、無礼者っ」

必死に抵抗していたら、個室のドアが乱暴に開かれた。

「ここにいるわ！」

入ってきたのはネリネとレイノルド、それにアルフレッドだった。

双子の王子は、押し倒されているマリアに驚く。

「邪魔が入りましたね」

クレロが体を起こすと、ネリネはしてやったりという顔でニンマリと笑った。

「あたしの言った通りだったでしょ。マリアヴェーラ・ジステッドはその肖像画家と恋仲なの。席にいないなら、観劇を抜け出してデートしているに違いないと思ったわ！」

「嘘をおっしゃらないで、ネリネ様。わたくしは乱暴されそうになっていたのです！」

起き上がったマリアは、ドレスの襟元を正しながら訴えた。

しかし、ショックを受けた様子のレイノルドには響かなかった。

無言でマリアを見つめた後、クルリと踵を返す。

「外の空気を吸ってくる」

「れ、レイノルド様」

戸惑うマリアの声は聞こえないふりをして、レイノルドは個室を出た。

正気でいるつもりだったが頭は冷静じゃない。

風邪で寝込んだ時みたいにグワングワンと耳鳴りがする。

（あんたが、人目をはばかって他の男と会っているなんて、ネリネの嘘だと思っていた）

だが、マリアは現に画家と逢っていた。

用心深い彼女が、うかつに二人きりになったとは考えにくい。

個室にこもって、何をしようとしていた？

嫌な想像が膨らんで、胸が苦しい。

長年、一途に想い続けてきた相手が、今まさに離れていこうとしている。

お互いの胸で光るスズランや、理想の恋をさせてあげたい気持ちでは、彼女を引き留めておけないのか。

「……あんたも、俺を好きなんじゃなかったのかよ」

「好きですわ！」

大きな声が、劇場の正面ロビーに響いた。

はっとして見上げると、吹き抜けになった二階の手すりに手をかけたマリアが、今にも泣き出しそうな顔でレイノルドを見下ろしていた。

レイノルドは、あの顔を前にも見たことがある。

アルフレッドに婚約破棄を言い渡されて、裏庭の奥の奥に進んできたマリアと、まったく同じ表情だった。

悔しくて悲しいけれど、どうやっても取り返しがつかない事実を、必死に受け入れようとしているような。

それが〝高嶺の花〟らしいとわかっているけれど、幼い子どもみたいに、みっともなく泣き喚きたいような時の顔だ。

「レイノルド様！　わたくし、貴方以外の男性と恋をしたいとは思いません！　国王陛下に進言する時、貴方のためなら処刑されてもかまわないと思った、あの日のままですわ!!」

「…………」

どう答えたらいいのかわからなくて、レイノルドはうつむいた。

すると、予想もしない言葉が降ってきた。

「わたくしが本気だと、命をかけて証明いたします！」

「は？」

どういうことだ。

再び見上げたら、マリアが手すりを乗り越えて、空中に身を投げた。

「マリアヴェーラ！」

レイノルドはとっさに走り出し、滑り込む形で彼女を抱きとめた。

ひるがえったドレスが少し遅れて床に落ちた時には、座り込んだレイノルドは、マリアを力いっぱい抱きしめていた。

「あんた馬鹿か。もしも受け止められなかったら、どうなっていたか……！」

「死んだってかまいませんわ。レイノルド様を傷つけたとあっては、わたくし生きていけませんもの」

マリアは、レイノルドの胸に頬をすり寄せた。

奇《く》しくもそこは、先ほど彼女を想って痛んだ場所だった。

「男性と二人きりになったのは、わたくしの落ち度です。恋敵《こいがたき》の弱点を聞き出そうとして冷静さを失っておりました。二度とこんなことは繰り返しませんわ。もしも破ったら、レイノルド様の手で斬り捨ててください」

澄んだローズ色の瞳が、まっすぐにレイノルドを見つめてくる。

マリアは、卑怯《ひきょう》な真似はしない。

明るみに出なければ何をしてもいいとは絶対に思わないし、後ろ暗いことは死んでもしない。

貴族令嬢として完璧な存在。

そこに恋心が加わると、怖い物がなくなってしまうらしい。

（恋ってのは厄介だな）

レイノルドは短く息を吐いた。

「あんた、俺のためなら死ねるんだな」

「はい。喜んで」

「なあ」

「なんでしょう？」

レイノルドは、不思議そうに瞬きするマリアの目蓋に、そっと口づけた。

「俺も、あんたのためなら殺せる」

二人が気持ちを一つにするロビーに、たくましい老人が入ってきた。

「ここに、ジステッド公爵はおられるか！　おや、そこにいるのは」

熊のように大きな体格と獅子《しし》を思わせるグレーの髪、鼻を横切る古傷が厳《いか》めしい面立ちは、マリアもよく知る人物だ。

マリアは、素早く立ち上がってドレスを整えると、深くお辞儀する。

「お久しぶりです、レンドルム辺境伯。ジステッド公爵家のマリアヴェーラですわ」

「先だっては御父上にお世話になりました。そちらは第二王子レイノルド殿下ですな」

レンドルム辺境伯は、レイノルドに向かって、拳を胸に当てる武人の礼をした。

「王族に相まみえるとは、急いで王都へ来て正解でした」

「辺境で何かあったのか？」

いぶかしげなレイノルドに、辺境伯は神妙に答える。

「とある事情で、辺境が脅威にさらされております。このままではいずれ他の領地にも被害が広まり、国を揺るがす問題となりかねません」

「国を揺るがす……」

衝撃的な言葉に、マリアとレイノルドは顔を見合わせた。

「まずは国王陛下にお目通り願いたい。多数の貴族とも繋がりの深いジステッド公爵にも来ていただきます」

「すぐに馬車を支度させる。あんた、一人で帰れるか？」

「もちろんですわ」

国の急務に女が出る幕はない。レイノルドの助けになりたい気持ちを秘めつつ、マリアは大人しく劇場を出て帰路についた。

⁂

レンドルム辺境伯、ジステッド公爵を連れて、レイノルドは宮殿に向かった。

ジステッド公爵邸に帰り着いたマリアは、母に懇願してクレロを家から追い出してもらった。

『お母様。わたくし、レンドルム氏に劇場で怖い目にあわされましたの。もう彼の顔を見たくありません』

肖像画はもう完成間近なので、クレロのアトリエで完成させた物を家に運ばせることにした。

レイノルドに持たれた浮気疑惑が晴れて、ほっとしたのも束《つか》の間。

困り顔の母がマリアの元にやってきたのは、その翌日だった。

「良くない噂が流れているわ。貴方が肖像画家のレンドルムと劇場で浮気していたのを、見た令嬢がいたそうなの。身に覚えはあるのかしら？」

「わけあって二人きりになったのは昨日お話しした通りです。けれど、それはレイノルド様もご存じですし、断じて浮気などではありませんわ」

「そうですか。私は信じますけれど、噂を耳にしたお父様はカンカンに怒っていらっしゃるわ。宮殿から帰ってくるなり『マリアヴェーラを部屋から出すな』と命じられて、もうすぐこの扉も釘で打ちつけられてしまうの。お食事はバルコニーから運ばせるつもりよ」

おっとりと笑う母は、今回もマリアの味方だ。

しかし、彼女でも父の決定には逆らえない。

貴族の家に生まれた者は、当主の意向に従わなくてはならないのだ。

マリアは冷静をよそおって麗しく微笑んだ。

「噂は噂。わたくしが毅然として、レイノルドと仲睦《むつ》まじく過ごしていれば、いずれ晴れますでしょう。わたくし、お部屋でお手紙を書いておりますわ」

金で作られたペンを握り、若草色のインク瓶を開けて花模様の便箋に向かう。

季節の挨拶もそこそこに、辺境伯の件はどうなったか報せてほしいと続けた。少し迷って、父の怒りを買ったので自室に閉じ込められるとも書き添える。

(我ながら色気がない内容ね)

軟禁はそのうち解けるとして……辺境では何があったのだろう。

領内のトラブルに関しては辺境伯が対処してきた。

貴族は公爵、侯爵、伯爵、子爵、男爵の順に爵位が並んでいるが、国防に大きな権限を持つ辺境の領主だけはその枠にはまらず、時には国王の判断さえも退けて国を守ってきた。

その人が、わざわざ国王に面会するために王都までやってきたのだ。

おそらく辺境では、かなり深刻な事態が起きている。

(まさか、わたくしとレイノルド様が結婚したら国が破滅する、という預言のせいではないわよね……？)

落ち込みそうになったマリアは、気分を変えようと窓を開け放った。

降りそそぐ陽光は明るい。

風はカラリと乾いていて、淀《よど》みかけた心を乾かしてくれる。

青空から視線を下ろしたマリアは、庭園で花を観察している、丸眼鏡をかけた中年男性に気がついた。

向こうもマリアに気づいたようで、被っていた帽子を軽く上げて挨拶する。

「コベント教授……？　そちらで少しお待ちくださいませ」

幸いにも、まだ釘は打ちつけられていなかった。

マリアが急いで庭に下りていくと、コベント教授はのんびり向日葵《ひまわり》を見ていた。

「ごきげんよう、マリアヴェーラ様。ジステッド公爵に面会に来ましたが酔っていらして話にならなかったので、庭を見せていただいていたのですよ」

コベントは、ジステッド公爵家が後援している学者だ。

医者の息子として生まれ、優秀な頭脳を見込まれて大学院まで進み、史上最年少で教授となった。専門は歴史学だが、政治学や国際情勢にも通じている。

勉強熱心なマリアを気に入っていて、タスティリヤ王国の内実について、公表されていない情報も含めて教えていた。

「せっかく来ていただいたのに申し訳ございません。父は、わたくしに悪い評判がついたせいで荒れているのです」

「それは違うと思いますよ。辺境に魔物が現れている件で、飲まずにはいられないというところでしょうな」

「魔物？　そんなものが本当にいますの？」

驚くマリアに、コベントは子どもに知恵を授けるように語る。

「外国には魔法や魔物が当たり前のように存在します。タスティリヤ王国で魔法が禁じられているのは、誰しもが扱えるようになると、とある場所に悪影響があるためです。その場所こそ辺境です」

あっさり言われたのでマリアは最初、コベントの冗談かと思った。

けれど彼の顔は少しも笑っていない。

胃に穴が開きそうなほど真剣だった。

「攻め入ってくる人間は迎え撃てますが、魔物にはどんなに騎士を集めても敵いません。これに困った大昔の辺境伯は、国王に特別な許可をいただいて、ある物を屋敷の地中に埋めたのです。

それがなんだかわかりますか?」

「いいえ」

「一角獣《ユニコーン》の角ですよ。他国では、魔晶石という名で呼ばれています。それさえあればどんな魔法も使えるという素晴らしくも恐ろしい宝石。それが国防の要なのです」

「魔晶石が……」

ザッと吹いた風が、マリアの髪をなびかせた。

タスティリヤ王国で使用を禁じられている魔晶石が、国を守るために使われている。

そして、その事実を国民は――公爵家の娘でさえ知らない。

それだけ重要な機密ということだ。

辺境に魔晶石が埋められていると知れ渡ったら、手に入れようとする者が必ず現れる。

「辺境伯が急いで王都にいらっしゃったのは、魔晶石に異変があったからなのですね。何が起きたのでしょうか？」

「それは歴史学者の知るところではありません。ですから、貴方にお教えしようと思ったのですよ。高嶺の花たる美貌と知性、人望を備えた貴方であれば、しがらみばかりの困難な状況でも打開できる。

未来の国王陛下を必ずやお助けできるはずだと信じています」

コベントは、現国王や辺境伯では問題は解決できないとわかっているのだ。

王侯貴族は、下手に動いた場合のリスクが大きい。

だが、ただの公爵令嬢であれば、どんな失敗を犯したとしても切り捨てられる。

「コベント教授。わたくし、辺境が揺らぐ事態になった原因を探ってみます」

決意を表すマリアに、コベントはこっくりと頷いた。

「手助けが必要ならいつでも申し出てください」

マリアは、部屋に戻って手紙をしたためていた。

一つはミゼルへ。クレロが描いた肖像画を年代別に教えてほしいというお願い。

一つは王妃へ。国王の外遊について調べてほしいという要請。

最後の一通は、レイノルドに向けての決意表明だ。先ほどの手紙に添えて送るのである。

「失礼します、マリアヴェーラ様……あら？」

やってきたジルは、扉のノブをガチャガチャと回した。

マリアは扉の近くで大きな声を出す。

「お父様の命で閉じられているのよ。どんな用事かしら？」

「第二王子殿下から手紙が。ドアの下を通します」

差し込まれた手紙を拾い上げたマリアは、便箋を開いて悲鳴を上げかけた。

レンドルム辺境伯は、辺境に騎士が派兵されてから徐々に魔物が現れるようになり、最近は出没数が増えてもはや辺境騎士団では防ぎきれないと語った。

近いうちに王都にいる騎士たちで遠征団を結成し、レイノルドが率いていくという。

「そんなに危険な状況だなんて」

便箋を握りしめると、カサリと紙がたわんだ。

一枚目にぴったり重なるように薄紙が貼りつけられている。

慎重に剝がすと、それは走り書きだった。

『ジステッド公爵に閉じ込められていると人づてに聞いた。ヘンリーに隠れ家を用意してもらったので、身の回りの物だけ持って今晩ここへ――』

マリアは、待ち合わせ場所の住所を確認すると、手紙に火をつけて燃やした。


その夜、マリアは馬車に揺られていた。

ハートの木がある丘の下で降りて、トランク片手に坂道を上っていく。

木の前では、闇に紛れそうな黒いコートを着たレイノルドが待っていた。

彼はマリアに気づいて、ほっとした表情を浮かべる。

「無事に抜け出せたんだな」

「お母様が表に出してくださったんです」

母には、父の怒りがおさまるまでコベント教授の元で過ごしたいと話した。

コベントにも『父に幽閉されたので抜け出して第二王子が手配した部屋に移るが、母には心配をかけたくない。教授のところにいると口裏を合わせてほしい』と連絡した。

どうせ父は使用人に命じるばかりでマリアの様子を見に来ない。

荷物をまとめて部屋を出たら、誰もいない部屋を釘で閉じておけばいい。

「辺境に行くと書かれていて驚きましたわ。いつ頃ですの？」

「まだ出発日は決まっていない。詳しくは、部屋についてから話す」

レイノルドは、トランクをマリアの手から取り上げると、丘を下りて下町に入った。

マリアは、頭から薄布を被って知り合いに用心した。

酒場や宿屋が並んだ通りは、店先から漏れる光で暗くはない。しかし、マリアの警戒心は、猛獣を前にした時のように強まっていた。

（ここは、いわゆる盛り場というところね）

タスティリヤ王国は治安のいい国ではあるが、さすがにこういった場ではスリや喧嘩があるはずだ。

どんな犯罪に巻き込まれるかもわからないし、貴族が顔を出すには不適当である。

「レイノルド様は、ずいぶんと刺激的な場所に出入りしておられるのですね」

「あんたに会えない間の暇潰しだった。これから行く場所はまだ入ったことがない……ここだな」

レイノルドは、紫色のモールが付いた看板の前で立ち止まった。

一見すると普通の二階建ての家だが、ドアの前には屈強な見張り番が二人いる。

内心でビクリとするマリアを背にかばって、レイノルドは彼らに向き合った。

「ヘンリーに紹介されて来た。マダム・オールに会いたい」

「入れ」

ドアが開かれる。レイノルドに続いて中に入ろうとしたマリアは、見張り番から白いハンカチを握らされた。

広げると、それは宣伝用の頒布品だった。黒い糸で文章が刺繍されている。


『マダム・オールの店。女性客にだけ、特別な薔薇のお酒のご用意があります』


酒瓶の並んだカウンターがある店内は、大勢の人々がアルコールの入ったグラス片手に歌ったり踊ったりしている。

ステージ上では、派手な扇を手にしたスリップドレス姿の女性が体をくねらせて歌っているが、酒焼けした声は太く、筋肉隆々としたゴツい体つきだ。

「レイノルド様。あの方はひょっとして……」

「男だろうな。ここは、変身願望のある連中が羽目を外すためのクラブで、名のある貴族もお忍びで遊びに来る、とヘンリーに聞いている」

「まあ！」

生まれた時から模範的な生き方を強いられ、貴族の檻に入れられて育ったマリアにとって、こういった偏見のない場所は新鮮だった。

タスティリヤ王国が、こんな風に誰もが自由に振る舞える国になっていったら素敵だ。

(レイノルド様が国王になったら、この国はどうなるのかしら)

今よりいっそう豊かで、平和で、誰もが自由に恋をできる国になったらいい。

ほわほわと未来を思い描いていたマリアの肩に、ぽんと手がかかった。

くゆっていた紫煙の向こうからヌッと、目蓋がメタリックな紫アフロの生首が現れる。

「新顔ちゃんがいるわね？」

「きゃ――」

叫びかけたマリアの口を、レイノルドはすかさず手で塞いだ。

「もごっ、もごもご」

「あんたがマダムか。ヘンリーの紹介で部屋を借りに来た」

「お待ちしておりましたわ。ここはどんな趣味も、恋路も応援する店ですの。マダムであるアタシの目が黒いうちは、誰にも手を出させませんわよ！」

マダム・オールは、分厚いつけまつ毛をバサリと下ろしてウインクした。

(この方がマダムだったの!?　わたくし、てっきり怪物かと……)

レイノルドの拘束が緩んだ。

深呼吸してようやく落ち着いたマリアは、スカートをつまんでお辞儀する。

「マリアヴェーラと申します」

「お行儀が良い子ね。でも令嬢らしいお辞儀はやめなさいね。目立つわ」

マダムは、タイトなドレスに押し込んだ巨体を揺らしながら、階段に案内してくれる。

「二階に上がって、吹き抜けの廊下を歩いて、階段の向かいにある部屋が貴方のよ。シーツやタオルは替えてあるけれど、他に必要な物があったら遠慮なく言って」

「恩に着ます、マダム」

階段を上ったマリアは、吹き抜けの廊下から階下を見下ろした。

歌姫のがなり声が響くホールでは、人々がめいめいに着飾った格好で踊っている。

つまはじき者たちの楽しげな表情を眺めていくと、カウンターでウイスキーをあおる若者に目がとまった。

周りが派手なので目立ってはいないが、爪の辺りが、天井で回るミラーボールみたいにキラキラ輝いている。

（クレロ・レンドルムだわ）

たしか、彼のアトリエはここからそう離れていない住宅地にあったはずだ。

足どりが遅くなったマリアを気にして、部屋に荷物を置いたレイノルドが戻ってきた。

「どうした？」

「顔見知りがいましたの。あのカウンターのところに、クレロ・レンドルムが……」

説明している間に、一人の女性がクレロに近づいた。

目立たないための配慮か、つばの広いガルボハットを被り、喪服のような黒いドレスを着ている。

しかし、髪を払いのけた拍子に帽子が落ちて、顔が露わになった。

「あ……！」

女性は聖女ネリネだった。

「あいつ、なんでこんなところにいるんだ？」

「近くで様子をうかがいましょう」

二人は階段を下りて店内へ戻った。

マリアは、薄布をかき合わせて万が一にも姿を見られないように。

レイノルドは、壁にかけられていた飾り帽子で顔を隠して、カウンターに近づく。

「もういいわ！　この役立たず!!」

突然、ネリネがクレロのグラスを取り上げて、ウイスキーを彼の顔にかけた。

辺りは騒然としたが、ネリネが外に走り出て、酒にまみれたクレロも退出すると、それまでの陽気な空気を取り戻す。

「ふいーっ、ひっく。ああいう客がいると店も大変だねえ、ひっく」

クレロの隣に座っていた、頬に大きなシミのある紳士が、独特なしゃっくりをしながらバーテンダーに話しかける。

酔っ払うと饒舌《じょうぜつ》になるタイプのようだ。

「こんばんは。先ほどの二人がどんなお話をしていたのか聞いていらっしゃいましたか？話してくださるなら、一杯おごりますわ」

マリアがカウンターに金貨を出すと、紳士は眠たそうな目で瞬きした。

「ひっく、金貨なんかいらないねえ。これでも儂《わし》は資産家なんだよ。そうだな、あんたが飲み比べで勝ったら教えてやってもいい。同じ度数の酒を一気でどうだい？」

「受けて立ちますわ」

「おい、できない勝負はやめておけ」

レイノルドは心配そうだ。

タスティリヤ王国では一六歳から飲酒を認められている。

ワインに舌を慣らして夜会で酔い潰れないようにするのも貴族のたしなみ。

しかし、結婚前の令嬢はあまり飲まない方がよいとされていた。

マリアは、シャンパングラスに口を付けるくらいなら経験があるが、酒場で出されるアルコールには耐性がない。でも、心配は無用だ。

「わたくしが勝負強いのをお忘れになりまして？　飲み比べするので、同じ度数のお酒をください。薔薇の香りのものがあれば、わたくしの方に」

「みんな勝負だぜ！　賭けるならこっちにしな、ひっく！」

紳士の呼びかけで歌姫のステージが中断し、店の真ん中にテーブルが移動された。

マリアと紳士は、テーブルを挟んで向かい合う。

集まったギャラリーがはやし立てる中、マリアはショットグラスを持ち上げる。

紳士もマリアに向けてグラスを掲げた。

「「乾杯」」

口に含むと、ふわっと薔薇の香りが鼻に抜ける。

うっすら蜜の甘みを感じる液体はなめらかで、お腹まですんなり落ちていった。

「もう一杯」

「ひっく、こっちにも！」

そうして、マリアと紳士は二杯目、三杯目とグラスを空けていった。

平然としているマリアに対して、紳士の顔はどんどん赤くなっていき、一〇杯目を飲んだところで急に泣き出した。

「ひっく、ひっく、もう無理だ！　あんたの勝ちでいいぜ、お嬢さん！」

わっとギャラリーが沸いた。

金を賭けていた連中は喜びと落胆が大きい。マリアより紳士の方に人気が集中していたので、取り分はかなりの金額になったようだ。

一一杯目に手を伸ばしていたマリアは、薄布の下でにこりと微笑んだ。

「美味しいお酒でしたわ」

「あんたたち！　うちの店で賭け事はよしてって言ってるじゃないの。散った散った散った！」

マダムの一声でギャラリーは解散する。

そばに残ったのは、納得がいかない様子のレイノルドだ。

「あんた、そんなに飲める口だったのか？」

「いいえ。わたくし深酒は好みませんもの」

「じゃあ、なんで……」

「これです」

マリアは、門番に手渡されたハンカチを見せた。

女性にだけ薔薇の酒を出す、という一文が書き込まれている。

「この文章は女性にだけ通じる暗号なのですわ。お酒の席で『薔薇の香りのものを』と伝えると、アルコールではなく花の蜜を溶いた水が出てくる仕組みなのです」

女性を酔わせて連れ出そうとする輩は後を絶たないため、店側が女性を守るために用意しているのだ。

レイノルドは「知らなかった」と目を丸くした。

「ご存じないのは当然ですわ。男性に知られたら暗号の意味がありませんもの。令嬢たちも、良くないお酒を飲まされそうになったら、それとなく薔薇の香りのものをとお願いして危機を乗り越えているのです。

さっそくお話を聞かせていただけますか？」

「うぅぅ、なんでも答えるさ」

紳士は頬をテーブルにくっつけたまま言う。

「声が小さくて会話はほとんど聞こえなかったね。だから、酒をぶちまける寸前の『あんたのために預言してやったのに』って言葉しかわからないさ、ひっく！」

「預言、してやったのに……？」

ざわっとマリアの血が騒いだ。

（思えば、これまでの問題には全て聖女が絡んでいるわ）

令嬢たちに流されたマリアへの誹謗《ひぼう》中傷の数々。

レイノルドとの仲を引き裂くように突如として降ってきた破滅の呪文。

辺境に魔物が出没するようになったのも、預言によって騎士が派兵されてからだ。

聖女、預言、輝く肖像画――

マリアの脳内で、とある仮説が立った。

「レイノルド様。辺境へ出発するまでどのくらいかかりますか？」

「最短でひと月ほどだな。騎士団の編制や装備の確認、辺境までの補給計画を立てる必要がある。それがどうした」

「出発の前に、婚約披露パーティーを開きませんこと？　わたくしたちを祝福してくださる方々、そして貶めようとする不届き者を招待して」

提案するマリアの表情は、真っ赤な薔薇のように気高かった。

細めた瞳は激しく燃えている。対して、口元は余裕そうに弧を描く。

何かを企む視線を一身に浴びたレイノルドは、ごくりと喉を鳴らした。

誰しもが認める〝高嶺の花〟は、剣より鋭い棘を持っている。

絶対に手折られない自信があるからこそ、こんなにも強くいられるのだ。

「あんた、またよからぬことを仕出かすつもりだな」

「レイノルド様も、わたくしがどんな人間か、わかってこられましたわね」

マリアは、声を出して笑った後で、うっとりと微笑みながらレイノルドの頬に手を当てた。

「わたくしの恋は、わたくしが守る。そう心に決めましたのよ」

第五章　かんびなる完全勝利

宮殿の庭に集まった貴族たちは、噴水の前に掲示された絵画に群がっていた。

描かれているのは、大胆にデコルテが開いた深紅色のドレスを身にまとい、自信あふれる表情で長椅子に座るマリアヴェーラ・ジステッド公爵令嬢だ。

絵の中のマリアは、持ち前の美貌もさることながら不自然にキラキラと輝いている。

その輝きに注目が集まり、隣に設置されている布で覆われた額に目を向ける観衆はいなかった。

「……なぜ、マリアヴェーラ様はこういった形でお披露目をなさったのか……」

人混みの中にいたクレロは、自ら完成させた肖像画を見上げて呟いた。

マリアにフラれて以降、ジステッド公爵家には近づいていない。

完成した絵を送り届けたら今生の別れだと思っていたのに、依頼料と共に届いたマリア直筆の手紙によって、この場に呼び出されたのだ。

物思いに沈んでいると、宮殿の方でキンキンうるさい怒鳴り声がした。

「なんなのよ、この騒ぎは！　どうしてこんなに人が集まってるわけ⁉」

苛立った様子で庭に下りてきたのは、聖女ネリネだった。

白いドレスを身にまとった彼女は、人をかき分けて肖像画の真下へ進んできて、マリアの肖像画をぽかんと見上げる。

「このお披露目会なの……？　あの目立ちたがり屋がやりそうなことだわ！」

ネリネは、観衆に向かって両手を広げた。

「みんな、よく見て！　これこそ、ジステッド公爵令嬢が第二王子を裏切って、肖像画家クレロ・レンドルムと浮気していたって証拠よ！　恋仲でもなければ、こんなに美しく描いてもらえるわけないもの!!」

「こうは考えられませんこと？　あらぬ誤解を受けてしまうほど、絵のモデルが良いと」

澄んだ声に、人々が振り返る。

噴水の向こう側に立っていたのは、肖像画と同じ深紅のドレスを身にまとい、髪には薔薇の飾りを挿した、絵画の中から飛び出してきたような美女。

「マリアヴェーラ・ジステッド！」

絵よりはるかに高貴な実物に、ネリネはギリッと奥歯を噛んだ。

マリアだけなら近づいて噴水に落としてやるが、今は多数の人目がある。

彼女の後ろに設えられた壇には国王と王妃がいて、マリアの両側にはレイノルドとアルフレッドまで控えていた。

（わざと国王たちを呼んで、あたしに手を出させないようにしたわね。卑怯者め！）

騒ぎを起こしたとて、国王からの信頼は揺るがない自信がある。

しかし、正式にマリアへ婚約破棄が言い渡されるまでは、彼女もまた要人。

やりようによっては、レイノルド自身の怒りを買う。

そうなれば、次の王にも重用されて贅沢な暮らしを続けるというネリネの野望は潰《つい》えたも同じだ。

ネリネは、暴れたい気持ちを抑えて壇へと近づき、マリアに対峙《たいじ》した。

「宮殿で肖像画をお披露目するなんて、よっぽど自分が好きなのね」

「その言葉、そっくりそのままお返ししますわ。それに、これはお披露目会ではございません。わたくしとレイノルド様の婚約披露パーティーですのよ」

「なによそれ、あたし聞いてないわよ」

「それは失礼いたしました。それにしても、おかしいわね……」

マリアは、頬に手を当ててとぼける。

「こういった大きな催しに参加する場合、令嬢は他のご令嬢と装いが被らないようにドレスの色合いや柄について話すもの。招待状をもらい忘れているかどうかは、そこでわかるはずですわ。

招待状をお渡しした令嬢たちは、誰もネリネ様に相談されなかったようですわね。ひょっとして嫌われておいでなのかしら？」

「なっ」

「人望のない聖女様ですこと。だから、兄妹《きょうだい》同然に育った妃候補でありながら、レイノルド様に相手にされなかったのでしょうね」

「あんたがかすめ取ったんでしょうが！」

カッとしたネリネは、近くにいた貴族からグラスを取り上げて、マリアに投げつけた。

マリアは、あえてよけずに頭からずぶ濡れになる。

第二王子の妃に内定した公爵令嬢が、聖女に白ワインをかけられる修羅場に、辺りはシンと静まり返った。

「……ふふ」

そんな中、マリアは笑った。

顎から落ちた雫をコルセットで盛り上がった胸に伝わせながら、にこやかに壇上を振り返る。

「わたくしが言った通りになりましたでしょう？」

国王と王妃は顔を見合わせた。

アルフレッドはびっくりした顔で、レイノルドは険しい顔でネリネを見つめる。

「は？　言った通りってなんのことよ」

「わたくしも少しばかり預言をしてみたのです。『マリアヴェーラ・ジステッドは、婚約披露パーティーに乱入した聖女にずぶ濡れにされる』と」

「そんなの預言でもなんでもないわ！」

ネリネは頭から火を噴く勢いで怒鳴った。

「あんたは言ったことを実現させるために、わざとあたしを怒らせて預言の通りになる状況を作り出したのよ！　ここは噴水もあるし、みんながグラスを持ってる。貴族の目があって殴り合いはできないんだから、水か酒か何かを掛けられて濡らされるに決まってる。あたしなら、もっと上手にできるわよ！」

ぽろっと漏らされた本音に、マリアは目を細めた。

「自分なら、もっと上手に人を貶められる。たしかにそうおっしゃったわね？」

マリアが目配せすると、木陰に控えていたヘンリーが、眼鏡をかけたレイノルドの側近を連れてきた。

荒縄でグルグル巻きにされた側近は、強くけられて壇の下に転がされる。

ヘンリーは、縄の先を握ったまま、壇上に向かって騎士の礼をした。

「申し上げます。この男は第二王子殿下の側近です。間者として殿下やジステッド公爵令嬢の様子を聖女に知らせ、お二人の印象が悪くなる状況に追い込んでおりました」

「言いがかりよ。あたしはそいつとなんの関係もないわ！　王子の周りを探っていたのは、きっと他国のスパイだからよ。さっさと連れていって処刑してしまいなさい！」

「処刑だって⁉　何を言うんだ、ネリネ！」

側近は、唾を飛ばして反論した。

「君が『言うことを聞いたら結婚してあげる』って言うから、苦労して王子の側近まで上り詰めたんだぞ。預言のたびに根回しをして、現実にしてきたのも僕だ！」

「だ、黙りなさい！」

ネリネが口止めしようとしたがもう遅い。

思わぬ大暴露に、国王がぴくりと反応した。

「根回しとは、どういうことだ？」

「わたくしからご説明いたしますわ、国王陛下」

マリアは、小脇に挟んでいた預言の書を開いた。

革張りのぶ厚い一冊には、聖女ネリネが今までもたらした預言が一字一句漏らさずに記録されている。

「聖女ネリネが行った預言の的中率について、個人的に調べさせていただきました。幼い頃の預言は『嵐が来そう』とか『盗みかスリが起きる』とか『川が氾濫するかも』とか天気予報くらいの曖昧なもの。

当たりも外れもしましたが、ある時から具体的な預言に変わります。国王陛下は、四年前、果実の値段が高騰して混乱が起きたため、市場が閉鎖される騒ぎになったのを覚えておられますか？」

「当然だ。豊かな土壌で知られたゼグレ地方で不作がある、という聖女の預言があった。まさしくその通りになったのをよく覚えている」

「それ、大嘘ですわ」

「なんだと？」

マリアは、アルフレッドを顎で呼び、彼に持たせていた書簡を広げさせた。

純白の便箋は、ゼグレ領主からの手紙だ。

「わたくし、ゼグレ地方の領主に当時の事情をうかがいましたの。果実が例年になく豊作だったところに、聖女ネリネの預言が届けられたのだそうです。

預言曰《いわ》く『ゼグレ領内の果樹は伝染病に侵されている。少しでも葉が変色した木は、実を残したまま全て切り倒さなければ、やがて領内全ての作物に影響があるだろう。民に知られれば大混乱となるので、決して他言しないように』と」

「それは聖女ネリネの預言とは違うようだ」

「ええ。預言よりかなり詳しく解説されていますね」

これを受けて、ゼグレ領主は領内の果樹を全て切り倒させた。

もしも穀物にまで病が移れば、国中が飢饉にさらされて大勢の人が死んでしまう。

果樹を切ったおかげで他の作物には影響がなく、ゼグレ領主はその後『聖女のおかげで助かった』という感謝状を国王に送っている。

他にも、『山崩れが起きる』と預言された山の主には、『山肌の木を切ると金塊が出る』という預言が届いていた。

金に目がくらんだ主が木をたくさん切ったせいで、山肌は大きく崩れて川をせき止め、大変な被害をもたらした。

金塊は出なかったが国王から見舞金が出されて、主は納得したようだ。

『市街が窃盗団に襲われる』と預言した後は、わざわざ他の国で指名手配されていた犯罪者を招き入れ、盗みをさせていた。

彼らは魔晶石が狙いなのですぐ隣国へ行ったのだと、犯行を手伝った下町のゴロツキから証言を得ている。

「国内で起きた騒動の多くが、聖女の預言によって引き起こされていたのです」

マリアは、預言の書をパタンと閉じて、冷や汗をかくネリネを見つめた。

「聖女が具体的な預言をして、側近の男がそうせざるを得ない状況に陥らせる手紙を、地元の有力者へ届ける。事態が収まると、彼らは国王陛下に感謝状を送る。

そうして、預言は叶ったように見せかけられてきた。これが、タスティリヤ王国が崇めてきた聖女の真実なのです」

「作り話だわ！　みんな、預言のおかげでその程度の被害ですんだのよ。聖女のあたしより、こんな悪女の言うことを信じるの⁉」

ネリネは声を張り上げるが、どよめく観衆はとうに彼女を見限っていた。

聖女のサロンに参加していた令嬢たちも目を背けて、誰一人としてかばう者はいない。

（こうなるから、上流階級で孤立してはいけないのよ）

忠告はした。それを聞かなかったのはネリネだ。

可哀想だけれど、マリアも聖女を助けるつもりはなかった。

「ネリネ様。国王の寵愛を受けて育った貴方は、いつからか自分が預言の力のない、ただの少女だと気づいてしまったのでしょう。

聖女でなければ、お姫様のような贅沢な暮らしを奪われてしまう。だから、自分に恋をする男を利用して、預言を叶えさせた」

「ちがう！　その男とはなんの関係もないわ‼」

ネリネが叫ぶと、ヘンリーが側近の手を踏み潰した。

側近は「ぎゃあ！」とくぐもった悲鳴を上げる。

「いいの？　聖女様がフォローしてあげないと、こいつ本当に処刑されちゃうけど？」

「好きにすれば。預言を受けての手紙はその男が勝手にやったことよ！　そいつがどうしようと預言は叶ったはずだし、死んでもあたしは少しも困らないんだから」

なぜか勝ち誇った様子のネリネに、マリアは追い打ちをかける。

「困らないでしょうとも。ネリネ様はもう、新たな手駒を手に入れてしまったものね。国を揺るがせた、あの一件で」

一度は閉じた預言の書の、後半のページを開く。

『辺境の貴族が反乱を企てている』

大勢の騎士が辺境へ向かう事態を引き起こした緊迫感のある一文は、インクのかすれもまだ新しい。

「答え合わせといきましょうか。聖女が、なぜタスティリヤ王家と密接に関わってきた辺境伯に対して預言をしたのか。その狙いは第二王子殿下です」

「俺？」

妹分から狙われていたレイノルドは、マリアの推理を聴いても信じられない様子だ。

「こちらをご覧くださいませ」

マリアの肖像画の隣にあった額から、布が取り外される。

そこにあったのは、クレロが描いた王妃の肖像画だった。

キラキラ輝くマリアの絵に対して、こちらは筆のタッチも色合いもいまいちである。

「この二枚の絵は、両方ともクレロ・レンドルムという辺境伯の五男によって描かれました。

肖像画家として名を馳《は》せる彼の絵は、描かれた人物が輝いて見えると評判で、貴族令嬢やご夫人は競い合うように依頼をしています」

「それは俺も知っている。なぜか、母上の絵は輝いていないようだが」

神妙な面持ちのレイノルドに同調して、ギャラリーも渋い顔をした。

「レイノルド様だけではなく、お集まりの皆様もそう感じておられるようですわね。この二枚の大きな違いは、描かれた時期にあります。

わたくしの方はつい最近。王妃殿下の方は、辺境で反乱が起こるという預言が行われる以前に描かれたものなのです」

「その絵が、どうかしましたか?」

クレロが人混みから現れると、ネリネの肩がビクッと揺れた。

華やかな宮廷服を身にまとったクレロは態度も声も落ち着いている。

「預言によって騎士たちがレンドルム領に向かった頃、私は自分らしい描き方に目覚めました。ふとしたきっかけで上達するのは、絵描きには珍しいことでもありませんよ」

「本当にそれだけかしら」

勝ち気なマリアに、クレロは真顔で反論する。

「それだけですよ。神に誓って」

「残念ですわ。こんな形で、あなたの人生を終わらせなければならないなんて。アルフレッド様、やってくださる？」

「わ、わかった……！」

命じられたアルフレッドは、大きな筆とチューブを持ち上げて、王妃の肖像画の前に走っていき、脚立にのぼった。

そして、チューブの中身を筆にのせて、キャンバスにベッタリと塗りつけた。

「なんだこれは」

観衆が一気にどよめいた。

アルフレッドが塗りつけた赤い絵の具は、まるで魔法にでもかけられたように——飾られた絵の中のマリアのように、キラキラと輝いていた。

マリアは、動揺に包まれた会場中に向けて声を張る。

「その絵の具は外国製です。この国では禁じられている魔法の効果で、あたかも描かれた物が輝いているように見せる代物ですわ。当然、タスティリヤ王国には輸入されておりません。

それなのに、どうしてクレロ様はお使いになっているのでしょう？」

「失礼。国王陛下はこちらにおられるか！」

宮殿の庭に、数名の騎士を率いたレンドルム辺境伯が現れた。

伯は、いきなり乱入してきた父親に面食らうクレロを見つけると、キツイ一発をお見舞いする。

「なんてことをしてくれた、この馬鹿息子が！」

「ぎゃっ」

力いっぱい頬を殴られて、クレロは数メートル宙を飛び、軽食が用意されたテーブルに突っ込んだ。

息子に鉄槌《てっつい》を落とした辺境伯は、壇上にいる国王に片膝をついた。

伯にならって、後ろに連なっていた騎士たちもひざまずく。

「ジステッド公爵令嬢の助言で愚息のアトリエを捜索したところ、数十本に及ぶ魔晶石が見つかりました。国王陛下が辺境に騎士を向けなさった際の混乱に乗じて、盗まれていたものであります。

これさえあれば辺境は――」

「国王陛下」

辺境伯がうっかり〝魔晶石で辺境は守られている〟と明かしそうになったので、マリアは言葉をさえぎった。

「わたくしも最近、歴史学の教授から聞いて知ったのですが、辺境にはよく魔晶石が持ち込まれるそうですわね。それらを取り上げて管理するお役目を、辺境伯はひっそりとつとめておられました。

盗まれたのは、その魔晶石ですわね？」

「……その通りです」

視線で圧をかけられた辺境伯は、やる方なく口裏を合わせた。

歴戦の猛者より、高嶺の花の方が強い場合もある。

「聖女によって辺境伯が反乱を企んでいると預言され、実際に騎士が送られたせいでレンドルム領は大混乱しました。

辺境伯の五男で、魔晶石の保管場所を知っていたクレロ・レンドルムは、その間に魔晶石を盗み出したのです。砕いて絵の具に混ぜ、輝く肖像画を描いて名を上げるために」

レイノルドは、壊れてめちゃくちゃになった軽食ブースに歩いていき、クリームまみれになったクレロの衿をつかんで持ち上げた。

「あんた、自分の家をなんだと思ってるんだ」

すると、クレロは卑屈に顔を歪めた。

「家など私には関係ない。汗にまみれて剣の稽古をするしか能のない父も、辺境騎士団に入るのが全てだと信じ込んでいる兄たちも、大嫌いだった。

画家になって王都で成功する私の夢を馬鹿にした連中など、苦しみぬいて死ねばいい」

「この野郎……！」

拳を振り上げたレイノルドの手首がつかまれた。止めたのはマリアだった。

いつの間にか近くにいた彼女に、レイノルドは苛立つ。

「止めるな、今回ばかりは」

「いけませんわ。女を殴っていいのは、同じ女だけですもの」

マリアは、レイノルドの手をぱっと離し、思いっきりクレロの頬を叩いた。

パン！

乾いた音と共に「いやあんっ」と甲高い悲鳴がクレロの口から漏れる。

「は？」

レイノルドはぎょっとして、衿から手を引いた。

倒れたクレロは、どこからどう見ても男性だ。

立派な体格で、うっすら髭が生えていて、喉仏も出っ張っている。

ところが、頬を押さえて体をもじもじさせる仕草は、とても女性らしかった。

「これがクレロ・レンドルムの本性です。彼が行きつけのマダム・オールのお店に聞き込みをしましたら、たまにドレス姿で現れると証言が取れました。彼は、男性の体つきで生まれた女性なのです」

マリアの暴露をきっかけに、クレロはふっきれた。

「私は、厳格な辺境伯の五男に生まれて、兄たちと共に厳しい稽古を付けられて育ってきたわ。でも、本当は剣よりもお化粧やお絵かきの方が好きだったの。

だから実家を飛び出して、王都に来たのよ。田舎より王都の方が多様性は認められるもの！」

クレロは画家になったが、描いた絵は少しも売れなかった。

辺境伯の息子という立場を利用して、王妃のような大口の客を捕まえたけれど、画力が伴わないため評判はすこぶる悪かった。

「落ち込んでいたところに、ネリネ様が声をかけてくださったの。外国には魔法の絵の具があって、それで描くと絵が輝くんだって教えてくれたのは彼女よ」

ネリネは、国王の外遊についていった際に、とある帝国の妃の肖像画を目にした。

輝くその絵は、魔晶石を削って混ぜた〝魔法の絵の具〟で描かれたものだった。

「私はそれさえあれば身を立てられると思ったの。でも、タスティリヤ王国ではその絵の具は手に入らなかった。

辺境にある魔晶石についてネリネ様に話したら、『盗むチャンスを作ってあげるから、魔法の絵の具を自分で作ればいいのよ』と言ってくださったわ」

クレロの自白に、マリアが丁寧に付け加える。

「聖女ネリネは、レイノルド様がまったく自分に興味がないことに焦っていた。そこで、魔法の絵の具で描かれた肖像画を送り、魅了してしまおうと考えたのですわ。

辺境で反乱が起こると預言して、それを叶えるために側近を使って話を大きくして、あとは皆さまのご周知の通り」

「なんということだ」

沸き上がる怒りで顔を赤くした国王は、固まるネリネを怒鳴りつけた。

「聖女ネリネよ。貴様、よくも謀《たばか》ってくれたな！」

「し、知らない。あたし、なんにも知らないわ！」

「黙れ!!」

椅子から立ち上がった国王は、ネリネを指さして言い放った。

「聖女ネリネを追放する！　レンドルム辺境伯の五男も同罪だ。二度と王都へ立ち入れると思うな！」

「国王陛下。その二人、レンドルムの領地で受け入れましょうぞ」

辺境伯は、実に申し訳なさそうに頭《こうべ》を垂れた。

「我が愚息のわがままが全ての引き金。二度と良からぬ考えを起こさぬよう、偽聖女と愚息を結婚させ、辺境騎士団の寮の管理人として、一生下働きをさせましょう」

「お父様、私そんなの嫌よぉ！」

「あたしだって嫌よ！　こんな男と結婚させられて、田舎で貧乏生活なんてっ」

クレロとネリネの絶叫が重なった。立ち上がった騎士たちに捕らえられそうになったネリネは、庭の奥へと続く遊歩道に逃げ込んだ。

「このあたしが、なんで下働きなんかしなきゃいけないのよ！」

怒りを込めて道を強く踏みつけると、タイルがふかっと沈む。

「え？」

足下から伸びていた紐《ひも》が切れて、たわんだ形で固定されていた庭木が弾《はじ》ける。

その動きに連動して、浅く土を被せて隠されていた縄がしまり、ネリネの両足を捕らえて吊り上げた。

「きゃあああああ――――!!」

逆さになったネリネの上半身は、重力に沿ってまくれ上がったスカートに覆われ、下着のドロワーズが丸見えになった。

通路からこちらを覗き込んだ貴族は、思わぬ痴態にぽかんとしている。

「見てんじゃないわよ！」

腕を突っ張ってスカートを押さえると、クリアになった視界に、悠々と歩み寄ってくるマリアが映った。

「原始的な仕掛けなので動くのかどうか疑っていたけれど、綺麗に吊れるものなのね」

この罠《わな》は、ネリネに執心していた側近が、マリアに恥をかかせるために設置していたものだ。

会場の指示書を読んで、遊歩道の途中に得体の知れないタイルが置かれているのに気づいたマリアは、あえて指摘せずにそのまま設置させた。

もちろん、自分は罠にかからない絶対的な自信があった。

たとえ追い詰められたとしても、マリアヴェーラ・ジステッド公爵令嬢は、会場から走り去ったりしない。

凜とした顔つきで負けを認めて、堂々と退場する。

それも庭の奥まった方にはけるのではなくて、登場時と同じように正門をくぐってだ。

「追い詰められた貴方が、ここに走っていくかは賭けでしたが……わたくしの勝ちのようね。おかげで、年頃の娘が逆さ吊りにされているところを初めて見られましたわ。想像よりもずっと滑稽ですこと」

口元に手を当てて嘲るマリアは、まさしく悪女だった。

偽聖女と烙印を押されたネリネと並んだら、一〇〇人中一〇〇人が、マリアの方こそ真の悪役だと思うはずだ。

それも今は褒め言葉。

自らの恋を守るためならば、悪役令嬢上等である。

「ネリネ様。喧嘩を売る相手は選ばれた方がよろしくてよ。相手の頭が自分より切れるか、人脈や人望はどのようなものか、劣勢になった際にどれだけの味方を集められるか。

慎重に見極めて勝てる勝負に持ち込まなければ、無様にも見世物にされるのは己の方。

次があるならお気をつけなさいませ。でも、もうそんな機会はないかしら。田舎で一生下働きですものね？」

「こうなったのは、全部あんたのせいよ！」

逆さ吊りのネリネは、もはや衆目もプライドも関係なく、体を大きく揺らしながら大声でマリアを罵った。

「正真正銘の悪女め！　あんたみたいな女こそ追放されるべきだわ。今に見てなさい、どうせそのうちレイノルド様に愛想を尽かされて、孤独に死ぬことになるんだから‼」

「それは〝預言〟かしら。それとも、負け犬の遠吠えかしら……」

マリアの顔から表情が消えた。

感情のない美貌はより迫力を増して、周りの空気をサッと冷やした。

「わたくし、他人にここまで翻弄されるとは思っていませんでしたわ。ドレスに水を掛けられようと、陰で口汚く罵られようと、毅然としていられると思っていたのです。

しかし破滅の預言を受けて、心が大きく揺らぎました」

レイノルドとの仲を引き裂く預言や、不利な状況が立て続けに襲ってきて、傷つかなかったといえば嘘になる。

けれどマリアは、どれだけ泣き喚きたくなっても、気持ちを押しとどめて耐えた。

マリアの心は、アルフレッドに婚約破棄された卒業パーティーの日から、紆余曲折《うよきょくせつ》を経て成長したのだ。

みっともなく声を上げて、幼子のように涙を流すことは、もうレイノルドを本当に失ってしまう日までない。

「貴方のおかげで、わたくしはまた少し強くなれた。それだけは感謝しておりますわ。レイノルド様とわたくしを引き裂こうとする者は、どんな相手でも地獄を見ることになります。ごきげんよう、ネリネ様。クレロ様との新婚生活を楽しんでくださいませ」

ニコリと笑って、マリアは踵を返す。聖女の絶叫を背にして。

ネリネを捕縛するために走ってきた騎士たちは、すれ違うジステッド公爵令嬢の麗しさに見蕩れ、はっとして仕事に戻る。

彼女の姿に目を奪われたのは、会場に集まった貴族も同様だ。

華やかに着飾った紳士淑女がどれだけ群れようと、マリアはそこにいるだけで主役になる。気高く美しいジステッド公爵令嬢の前では、彼らは背景に過ぎない。

魔法の絵の具で描かれなくても、キラキラとまばゆい輝きを放つ〝高嶺の花〟に敵う者はタスティリヤ王国にはいなかった。

堂々たる足どりで壇の下に戻ったマリアはレイノルドと並び、会場に向かってたおやかに一礼した。

「お待たせいたしました。婚約披露パーティーを続けましょう」

辺境に魔晶石を埋めなおすと、魔物はぱったりと姿を消した。

レンドルム辺境伯はマリアに何度もお礼を告げ、何か困り事があった時には一番に駆けつけると約束して、縄で縛ったネリネとクレロを連れて王都を発《た》っていった。


宮殿でも動きがあった。

ネリネと親しかった人物は仕事を解かれ、第二王子周りの体制も見直された。

側近になる人物は、聖女や預言を行う人物との関わりがないと表明し、そういった相手と繋がりがあった場合は即刻処断されることに同意するという、厳しい宣誓をしなければならなくなった。

聖女ネリネに心酔していた国王も悔い改め、王妃に対して謝罪を行った。

王妃は、魔法の絵の具で汚れたクレロの絵を破棄する代わりに、新たな肖像画を作る予定だ。今度の画家は、地道に貴族の依頼をこなしてきた人物で、派手な作風ではないがたしかな筆力で信頼できる。

というのも、彼を紹介したのは他でもないジステッド公爵だからだ。

マリアの肖像画を依頼する相手として、クレロの前に名が挙がっていた人物である。

振り返ってみると、クレロは彼自身の見た目の美しさと魔法の絵の具で得た評判によって、実力が伴わないのに依頼を受けていた。

一時の流行でわりを食うのは、本来であれば仕事を得られていた秀才だ。

そうこうしているうちに暑さは和らいでいき、秋の気配が感じられるようになった。


季節を先取りしたグリーンのドレスを着たマリアは、流行のハート形のチュロスを詰めたバスケット片手に、宮殿の庭を歩いていた。

ドレスの肩やスカート裾には多めのフリルがあしらわれている。

儀式であれば周囲の期待に応えて高嶺の花らしいデザインを選ぶが、今日はプライベートなので衣装部屋の奥にあるかわいいコーナーから選んだ。

庭を見回すと、夏の花は盛りを過ぎていた。

だが、秋にはまた薔薇が咲くだろう。

さらに風が冷たくなると冬を迎える準備に追われるため、今の時期が一番のんびり過ごせるかもしれない。

本格的な冬が来るまでに鎮魂祭や感謝祭といった行事があり、貴族が集まる夜会も多くなるので、貴族令嬢はドレスを新調したり招待状に返事を書いたりと大変なのだ。

マリアは、遊歩道に沿って進んだ。

「秋は目の前とはいえ昼間は暑いから、あそこにおられると思うのだけど……」

歩いていくと、グリーンカーテンに囲まれた東屋から、長い足がはみ出ている。

ひょいと顔を出して覗き込むと、レイノルドがベンチに横たわって昼寝をしていた。

シャツのボタンを外して襟元を大きくくつろげている。

体にかけたコートジャケットには、スズランのピンを挿していた。

マリアもまた、ドレスの胸元にそろいのブローチを着けている。


――スズランの花言葉は『再び幸せが訪れる』――


幸せは再び訪れた。

偽聖女を宮殿から追放したことによって。

向かいの席に座ったマリアは、レイノルドが起きたらお茶ができるように、チェック柄のスカーフを広げて持ってきたお菓子や水筒、カップを並べる。

お菓子の多くは公爵家で焼かせたものだ。

チュロスの他にメレンゲクッキーやイチジクをのせたミニケーキもある。

「さて、と」

バスケットの中から最後に取り出したのは、聖女の預言を記した書物だった。

テーブルにのせて開き、上等な紙をめくっていく。

ちょうど中央辺りのページから白紙だ。

聖女ネリネが王都から追放されて以降、新たな預言は記されていない。

マリアへの当てつけが最後である。

『――ジステッド公爵令嬢マリアヴェーラが第二王子レイノルドと結婚すれば、このタスティリヤ王国は天災と飢饉、他国からの侵略にさらされて滅亡するだろう。

なぜなら、その女は、この国はじまって以来の悪女なのだから』

「好き勝手に言ってくれたものね」

嘆息したマリアは、インク瓶とペンも用意する。

黒いインクにペン先を付けて、破滅の預言の冒頭からツーと一本線を引いていく。

線を上書きして、預言をなかったことにするのだ。

金属が紙をこするカリカリという音が、静かな東屋に響いた。

聖女ネリネへの恨み節の代わりに、全て消してしまおうかとも思ったが……。

マリアは、預言の途中でペンを離した。

「それは消さなくていいのか？」

「！」

いつの間にか起き上がったレイノルドが、眠たそうな目をこすっていた。

湖面の水のように穏やかな瞳は、残された『なぜなら、その女は、この国はじまって以来の悪女なのだから』という文面を見つめている。

マリアは、しゅんと肩を下げてペンを置く。

「ええ。これだけは当たっているような気がしますの」

辺境への追放を命じられたネリネは、起こした騒ぎの罰を十分に受けていた。

パーティーが開かれる前からマリアはそうなるとわかっていたのに、あえて会場の罠をそのままにして痛い目に遭わせた。

あの後、パーティーを無事に終えて、国王や王妃に手際を褒められたマリアは、笑顔の裏で達成感と恐ろしさに震えた。

（わたくしは、なんてことをしてしまったの！）

ほんの少しネリネにお灸《きゅう》をすえたつもりだった。

けれど、思い返してみれば、マリアがやったのはまぎれもない復讐だ。

ネリネはもう二度と王都には戻れない。

レンドルム領からも出られない。

生まれた家を見に行くことはおろか、共に育ったアルフレッド、レイノルドと面会することもできないのだ。

そんな彼女を労《いたわ》りもせず、最後に恥をかかせるなんて。

悪女としか言いようがない。

「わたくし、レイノルド様を奪われたくなくて、ネリネ様に酷いことをいたしました。恋を守るためと立派な言葉で正当化しても、許されることではありません」

「……真面目だな、あんた」

レイノルドは、手を伸ばして水筒からカップに冷えた紅茶を注ぐ。

こぽこぽと音を立てる液体は、日陰のせいか血のように赤く見えた。

「あんたがやったのは、せいぜい逆さ吊りだろ。俺なんか、あんたを奪おうとするやつは殺せる」

「そんな恐ろしいこと、レイノルド様がなさるはずがありませんわ」

マリアは首を振って否定するが、当人は平然とのたまった。

「できる。俺はあんたに恋をしている。恋は恋でも、あんたが思っているみたいにかわいくない。激しくて、衝動的で、知らずに触れたら火傷《やけど》するような、そういう恋だ」

レイノルドの内面では、クールな外面には似合わない情熱がたぎっていた。

「あんたへの想いを秘めていた頃の俺とは別人になったみたいだ。一度でも自分のものになったあんたを簡単には手放せない。あんたもそうだろ?」

持ち上げられたカップは、レイノルドの口元に運ばれることなく、預言の書の上で逆さになった。

「あ……」

紅色の液体が、インクの乾ききらない紙面に落ちる。じわじわ繊維に染み込んでいき、インクはにじんで、何が書かれていたのか読めなくなる。

「あんたが恋を守るために悪女になるというなら、俺もいっしょに悪へ落ちる」

「レイノルド様……」

マリアの鼓動がトクンと鳴った。

己の残酷さ。それをもレイノルドは受け入れてくれる。

彼の激しい愛情は、マリアの心に強く絡みついて、浮かされそうな熱を放った。

「ふふふ、火傷してしまいそうですわ」

薄く笑うマリアは預言の書を閉じた。

レイノルドは、カップを置いて、テーブルにのせられていたマリアの手を握る。

「やっと落ち着いて会えるようになったな」

「言われてみればそうですわね。春からずっと苦難続きでしたし、聖女の問題が片づいてからも、側近が見直されたり宣誓が行われたりして、常にお忙しかったでしょう。

お手紙で近況をお聞きして、レイノルド様が倒れてしまわないか心配しておりました」

二人の文通は再開した。お互いの日常を書き記した手紙は、多いときには日に二度、宮殿とジステッド公爵家を往復する。

文面も変わった。これまでとは違って『好き』や『愛してる』といった愛の言葉が並び、いかにも恋人らしい手紙になっていった。

本気で誰かに恋していると、人は変わってしまうものなのかもしれない。

「適度にサボっているから平気だ。もしも嫌でなかったら、またいっしょに出掛けないか」

「よろしいのですか！　わたくし、レイノルド様といられるだけで嬉しいので、どこにでもお供いたしますわ。どこへ行きましょう？」

ぱあっと顔を明るくしたマリアに、レイノルドはハートのチュロスをくわえさせる。

「どこでもいいが……あんたが俺のものだって見せびらかせる場所がいい」

「もぐもぐぐ（見せびらかす）!?」

「ははっ。あんた相変わらず、かわいいな」

からかわれるうちに太陽は傾き、緑の間から吹き込む風によって暑さは流れていく。

いつかまた、二人の間には大きな困難が訪れるだろう。

次の国王となる第二王子とジステッド公爵令嬢の間を壊そうと、虎視眈々《こしたんたん》と狙っている者はいくらでもいる。

（守ってみせるわ。たとえ悪女とそしられようと）

マリアは自分に誓った。

人を傷つけても心が痛まないくらい高みへ上り、誰かの謀略に巻き込まれない聡明な貴婦人へ、成長していかなければならない。
（だけど、今だけは――）
マリアは、ぽうっと熱に浮かされた顔で、微笑むレイノルドを見つめた。
二人の未来に困難や、ともすれば破滅が待ち受けているとしても。
今だけは、甘くとろけるような、かわいい恋に溺れていたい。

《第二部完》

高嶺の花扱いされる悪役令嬢ですが、本音はめちゃくちゃ恋したい／完

書き下ろしショートストーリー

第二王子のお気に入り

聖女ネリネを追放し、無事に婚約披露パーティーを終えた。

名実ともに正式な婚約者として認められたマリアとレイノルドは、ネリネの妨害によって会えなかった時間を埋めるように逢瀬を重ねていたのだが。

（これだけ一緒にいても、まだわからないことがあるわ）

リボンを編み込んだ髪を揺らしながら、マリアは宮殿の廊下を歩いていた。

レイノルドと一緒に午後のお茶を楽しむため、モーブピンクに染めた綿レースのドレスを着てやってきた。

今日は朝から気温が高かった。

秋の足音が聞こえてくるこの時期は天候が変わりやすく、気温も日によって上がったり下がったりする。

朝と夜は寒く、日中は暑いこともざらなので、体温調節しやすい綿は使い勝手がいい。

とくにこのドレスは色合いがシックなこともあり、ハートの刺繍が入っていても幼く見えないのでお気に入りだった。

足元は麦わら素材のストラップシューズで、手に持った籠バッグも夏素材だ。

涼しそうな見た目は、暑がりなレイノルドの癒しになるはず。

（早く見ていただきたいのに、当のレイノルド様が見つからないなんて！）

マリアが宮殿をさまよい歩いている理由がこれだ。

レイノルドがどこにいるのか、まったくわからないのである。


今日は約束より一時間ほど早く宮殿にやってきた。

レイノルドが仕事をしている場面を見たかったのだ。

ジステッド公爵家の馬車を降りたマリアは、意気揚々と第二王子の執務室へ向かった。

ノックすると内側から扉が開かれる。開けてくれたのはアルフレッドだった。

「ずいぶん早い到着だな！」

「こんにちは、アルフレッド様。皆さんのお仕事の様子を見学させていただきたくて、お約束の時刻より早めにまいりましたの。レイノルド様はおいでですか？」

アルフレッドは、側近たちが書類仕事をしている部屋を振り返った。

「そういえば、少し昼寝してくると言って出て行ったきりだ。誰か、レイノルドの居場所を知らないか？」

他の側近は、手を止めて知らないと言い合った。

マリアの方に向き直ったアルフレッドは、困ったやつだと首を振る。

「今日は暑いし、涼しい場所にいるのではないだろうか。レイノルドはマイペースだから一度寝るとなかなか起きない。時間を忘れて夢の中にいるのだろう」

「わたくし、レイノルド様を探してみますわ」

執務室を出たマリアは、まず二階のバルコニーへと向かった。

宮殿から正門へまっすぐ伸びる広い道を見渡せる場所だ。屋外なだけあって風通しがよく、この時間になると日陰になるので涼しい。

階段を上って、近くの窓からバルコニーをのぞく。

「あれは、国王陛下？」

バルコニーには、半袖シャツを着たタスティリヤ国王がいて、宝石をはめこんだゴルフクラブをぶんぶんと振っていた。

「五七……五八……五九……六〇！」

「お見事なフォームです、陛下」

控えていた従者がパチパチと拍手した。

国王は彼の手からタオルを受け取ると、流した汗をふいて一息つく。

「ふーっ。今日は暑いだけあって汗が滝のように出るな。その分、脂肪もだいぶ燃えたはずだ。そろそろ切り上げるとするかな！」

「いけません。エマニュエル王妃殿下は、素振り一〇〇回をお申し付けです」

かたい口調で告げた従者は、手元にあったボードを掲げる。

そこには、国王のサイン入りの契約書が張り付けられていた。

「――偽聖女ネリネの世話を押し付けられた心理的苦痛の慰謝料として、マイナス一〇キロのダイエットをすること。冬までに痩せなければ、追加でさらに一〇キロ痩せる――。こちらの王妃殿下の要求にこたえると決めたのは国王陛下でしょう？」

「ううっ。痩せるのがこんなに大変だと知っていたら、やすやすとサインしなかった！」

丸く膨らんだお腹を撫でながら、国王は過去の自分を嘆いた。

（王妃殿下は、国王陛下が太ってしまったと心配されていたわ）

国王は美食家だ。とくに揚げ物やシチューといった高カロリーな物を好んでいて、毎日お腹いっぱい食べる。

そのせいでぷっくりと太っていて、専属の医者には痩せなければ長生きできないと言われていた。

しかし、運動嫌いの国王はろくに動かずに食べ続けた。

心配した王妃は、ネリネの件で国王が反省しているうちに痩せさせようと、マイナス一〇キロの契約書を作ったようだ。

「ダイエットはもう嫌だ！　食事は野菜とヨーグルトばかりだし、飲むのもワインではなく水！　こんな生活をしていたら儂は死んでしまう！」

弱気になる国王に、従者はぴしゃりと言い放った。

「この程度で死にはしません。王妃殿下はもっと過酷なダイエットをしていらっしゃいますよ。食べすぎた後はしばらく野菜のスープのみ。さらに、腰と足に重しをつけて宮殿の周りを毎日五周なさってあの美貌を維持していらっしゃるのです。陛下、あと四〇回頑張りましょう。それとも、さらに追加で一〇キロお痩せになりますか？」

「それは困る！」

国王はクラブを握り直して、再び素振りをしはじめた。

（あのスパルタな従者がいれば、すぐにマイナス一〇キロを達成なさるわ）

マリアは、周囲にレイノルドがいないのを確かめてその場を離れた。

涼しそうな場所を探しながら廊下を歩いていくと、たくさんの布を抱えた男性たちに追い越された。

鞄に書かれたロゴを見るに、王妃御用達の高級仕立て屋だ。

その後に続いて歩いてきた男性デザイナーは、「そこにいる御方は、ジステッド公爵家のマリアヴェーラ様では？」とマリアを呼び止めた。

「わたくしにご用でしょうか？」

「やっぱりそうでしたか！　王妃殿下と並び立つほどの美しさを持つ方は他にいないのですぐにわかりましたよ。これから王妃殿下に、新しく作るドレスのご相談に行くのですが、よろしければご覧になりませんか」

「わたくしも同席してよろしいのですか？」

「王妃殿下に許可を願い出てみますよ。この機会に王家らしい装いについて見識を深めて、いずれ私どもにご依頼をいただけましたらと思いまして」

「では、少しだけ。これからレイノルド様とお約束がありますので」

彼に続いて王妃の部屋に向かう。

王妃は、マリアが少し見学させてもらいたいと言うと快諾してくれた。

猫足の広いテーブルにデザイン画が広げられる。

鉛筆で素描されたドレスは、鳥の羽根で飾られたものや、全体に宝石があしらわれたものなど、全体的に贅を凝らしたデザインだ。

王妃はそれらをちらっと見ると、いくつかのデザインを扇の先で飛ばした。

「これも、これも、これも没だわ」

デザイナーが残念そうな顔をしたので、思わずマリアは口を出した。

「どれも王妃殿下にお似合いだと思います。これなんて、とくに素敵」

マリアが拾い上げたのは、ドレス全体にコスモスの刺繍をほどこしたデザイン画だ。白いリボンを刺して花びらを、中央にはイエローサファイヤを縫い付けている。

細身のスタイルに映えるスレンダーラインも王妃にぴったりだ。

（王妃殿下は、こういったゴージャスさが感じられるデザインをお好きなはずだわ）

しかし、王妃は後ろ髪ひかれつつといった様子で首を振った。

「だめなのよ。私の立場にふさわしくないわ。王妃たるもの、日常着であっても上品で高級で格の高そうな装いをしなくては。そちらにある、シンプルなドレスを見せてちょうだい」

王妃は、テーブルの端にあったデザイン画を手に取った。腰元に太いベルトを巻いたドレスを一瞥するなり、これにするわとつまらなそうに告げる。

「光沢のある絹を使って。衿周りと袖、スカート裾に紺色のパイピングをきかせて」

「かしこまりました」

デザイナーがうやうやしくデザイン画を受け取るのを、マリアは片手で止めた。

「こちらのコスモスのドレスも作りませんか？」

「マリアヴェーラさん、どうしてそこまでこだわるのかしら。それは、貴方が着るドレスではないのよ」

「王妃殿下にお好きなものを諦めていただきたくないからです」

王妃として周りに示しがつかない格好はできないというのは理解できる。

けれどマリアは、王妃にも好きを表に出す自由はあると思うのだ。

マリアの前だけでもいい。心躍るファッションを楽しんでもらいたい。

「コスモスのドレスも作りましょう。もしも他の方に見られて困るようであれば、わたくしとお茶をする時にだけお召しになってください。わたくしも、自分が好きなドレスでまいりますから」

マリアが懸命に説得するので、王妃も心を動かされたらしい。

コスモスのデザイン画を手に取ると、そっとデザイナーの手に押し付ける。

「これも仕立ててくれるかしら。マリアヴェーラさんとお茶をする時のドレスにするわ」

「嬉しいですわ。ありがとうございます、王妃殿下」

頬を薔薇色にして喜ぶマリアに、王妃はふっと息を吐く。

「本当におもしろい子だわ。レイノルドと仲良くね」

王妃とデザイナーに見送られてマリアは廊下に出た。

いつの間にか二十分も費やしていたので、レイノルド探しに本腰を入れる。

エントランスまで戻ったマリアは、レイノルドがいそうな場所を推測する。

宮殿の裏手にある庭園や前庭にある噴水を思い浮かべて、ふと窓の外を見上げた。

「屋上……」

宮殿の屋上には、タスティリヤ王国の国旗が掲げられていた。

マリアは一度も立ち入ったことがないが、あそこだったら誰に見られることもなく昼寝ができそうだ。

屋上に出る小さな階段を見つけて上っていく。

木製の粗末な戸を開ければ、抜けるような青空が広がった。

通り抜ける風は清々しく、午後の熱気を吹き飛ばしてくれる。

レイノルドは、左手側にあるフラッグポールの支柱に寄りかかって空を見つめていた。

「こんなところにいらしたのね」

声をかけると、レイノルドがはっとした顔で腰を浮かせた。

「もう時間か？」

「いいえ。わたくしが早くきてしまっただけですわ」

マリアはレイノルドの隣に座って顔を上に向けた。こうすると瞳には空しか映らない。

青い絵の具を溶いた水に、ほんの少しだけ白を混ぜたような景色に、意識が吸い寄せられる。日ごろの疲れも吸い取られていくようだ。

空を見上げることに、こんな効能があるとは知らなかった。

「ここには初めて入りました。いいところですわね」

「俺の休憩場所なんだ。空がよく見えるから、晴れた日はよく来る」

そう言って、恋をするように上を見るので、マリアはレイノルドの好きな色が青だったと思い出した。

（暑さは嫌い。青空は好き。宮殿の屋上がお気に入りの息抜き場所）

レイノルドの好きな物、嫌いな物を心に書きとめる。

恋人になってだいぶ経つのに、マリアはまだ彼のことを知りきれていない。

もっと知りたいと思うのは、マリアがそれだけレイノルドを好きだからだ。

「レイノルド様」

呼びかけると、レイノルドは空に向けていた瞳をマリアに戻した。

「なんだ？」

「わたくしに、もっとレイノルド様のことを教えてください。好きも嫌いも、お気に入りも苦手も、たくさん知りたいのです」

「俺が気に入っているものはいくつかあるが、好きなものは一つだけだ」

レイノルドはマリアの手を握って、慈しむように青い瞳を細めた。

「マリアヴェーラ・ジステッド。その人だけいればいい」

「！」

自分の名前を出されると思っていなかったマリアは、ぱくぱくと陸に上げられた魚みたいに口を開け閉《た》てした。

「そ、そういうことではなくて！」

「じゃあ、どういうことだ？　愛しているものなら、それもあんただけだ」

「ですから～～！」

じたばたするマリアを見て、レイノルドは声を出して笑った。

（わたくしで遊んでいらっしゃるわ！）

悔しくって、マリアは唇をツンと尖らせる。

「意地悪なさるなら、わたくしもう何も聞きません！」

「悪かった」

謝罪は早かった。でも、本当に反省しているのだろうか。

半目でそうっとうかがうと、レイノルドは、すねる仕草さえも愛しくてたまらないといった表情をマリアに向けていた。

「好きなものはもう一つあった。こうしている時間だ。手紙をひんぱんにやり取りするよりも、直接会って顔を見て話す方が好きだ」

「わたくしも、そう思っておりました」

同じだと喜ぶマリアに、レイノルドはそういえばと語りかけてきた。

「側近がお茶の後に話をしたいと言っていた。婚約披露パーティーが終わったから、いよいよ結婚式の準備をするらしい」

マリアとレイノルドの挙式は、来年の春に予定されている。日時や規模についてはこれから決めていくが、王子の結婚なので国を挙げての一大行事になる。

「楽しみですわね」

ウェディングドレスを身につけて、レイノルドと永遠の愛を誓いあい、国中の人々に祝福される花嫁になる日を思い浮かべると、マリアはそれだけで幸せな気持ちになる。

夫婦になったら、もうレイノルドと離れて暮らさなくてもいいのだ。

毎日、寝息を立てる彼より早く起きて、彼の顔を見てから眠りたい。

積み木でお城を作るように、小さな幸せを積み上げていきたい。

マリアの理想の恋は、日常の延長線上で完成する。

「俺も楽しみだが準備は大変だ。正直、今から気が重い」

「心配いりませんわ。わたくしがついておりますもの」

一生をレイノルドに捧げ、彼を支えて生きていくつもりのマリアにとって、式の準備なんて前哨戦にもならない。

立ち上がったマリアは、澄んだ空を背景にしてレイノルドに手を差し出す。

「お茶の時間ですわ。まいりましょう」

風に揺れる一輪の花のように美しい彼女の笑顔は、手をとったレイノルドの目に鮮やかに焼き付いたのだった。

書き下ろしショートストーリー二

感謝祭の夜を二人で

タスティリヤ王国の秋の祭典といえば感謝祭だ。

家族や友人と豪華なディナーを食べながら一年の収穫に感謝する。メインは七面鳥の丸焼きで、カボチャやコーン、緑の豆を使った料理が並ぶ。

子どもたちは、収穫の精に仮装して家々を訪問して歩き、聖歌を歌ってそのお礼にお菓子をもらう。

大昔からある慣習だが、最近では若者たちも仮装して、街中でパーティーを楽しむようになった。

テーマを決めておそろいの服を作ったり、仲間内でメインカラーを統一したりして、感謝祭を楽しむらしい。

ミゼルにこの話を聞いたマリアは、すぐにレイノルドにお願いした。

「感謝祭の夜を仮装で過ごしたいです」

「巷で流行ってるあれか」

学生の頃、よく街に下りていたレイノルドはマリアより若者文化に詳しい。

当然知っている顔で「やる」と頷いてくれた。

「何の仮装をするつもりだ？」

「それが悩みどころなのです……」

平民の恋人たちは、古着のドレスを買ってお姫様と王子様の仮装をするというが、マリアとレイノルドは本物の公爵令嬢と第二王子だ。

公爵は貴族ではあるが、王族と近しいためマリアもほぼお姫様である。

「せっかくだから普段の自分たちとはかけ離れた姿にしたいですわ。それぞれ、思い思いの仮装をして集まりましょう」

マリアの提案で、当日の夜までお互いがどんな仮装をするかは秘密にすることにした。

ついにやってきた感謝祭の当日。

マリアは、公爵家の玄関ホールでレイノルドの到着を待っていた。

（少し派手だったかしら）

オフショルダーの白いワンピースに編み上げのコルセットを合わせ、白いタイツに白い靴をはいた。下ろした髪には真珠を繋げたラリエットと、どこもかしこも白ずくめだ。

おまけに、背中には小さな羽根を背負っている。

マリアの仮装は天使である。

手持ちの衣装で、お姫様と妖精以外でできるものがこれしかなかった。

童顔で背が低かったら似合いそうだが、長身で大人びた顔立ちのマリアが着ると、天使を従えて地上を攻略しにきた女神のようだった。

（レイノルド様はどんな仮装をなさるかしら）

鎧をまとった孤高の騎士だろうか。それとも、眼帯で片目を覆い隠した海賊だろうか。

レイノルドの陰のある雰囲気は、どことなくダークなイメージがあるから、伝記に出てくる美貌の吸血鬼辺りも似合いそうである。

わくわくしながら待っていたら、使用人が王家の馬車の到着を告げた。

「レイノルド王子殿下がいらっしゃいました」

「わたくしがお迎えにまいります」

いてもたってもいられず、マリアは玄関を出て馬車に歩み寄った。

足置きを設置した馭者が、客車のドアを開く。

中から現れたレイノルドは――

（黒い！）

マリアとは対照的に、全身黒ずくめの格好をしていた。

黒くて艶のあるシャツとベスト、衿元のスカーフタイも真っ黒で、極めつけは頭の飾りだ。黒い羊の角が頭の両側に付けられている。

「レイノルド様、その仮装は……」

「魔王だそうだ。ヘンリーに相談したら、これを一式持ってこられた」

レイノルドは不服そうに角を触っていたが、マリアの仮装を見下ろすと、すぐさま柔らかな表情へと変わった。

「あんたは天使か。かわいいな」

レイノルドの目には、ちゃんと天使に見えたようだ。

マリアは安堵すると同時に、猛烈に恥ずかしくなった。

「お、お気に召して、うれしい、です……」

「なんで急に小声になるんだ。本当に似合ってる」

レイノルドは、真珠のラリエットをよけて、マリアの額にキスをした。

チュッと触れる感触は、マリアの体を一瞬で真っ赤にした。

それを見て、レイノルドはクスリと笑う。

「魔王になりきって魅了してやろうと思ったのに、勝負にならないな」

「わたくしが勝ちということでよろしいのですか？」

「ああ。天使に誘惑される魔王というのも面白い」

レイノルドは、楽しそうにマリアを馬車にエスコートする。

「素敵な一夜を過ごそう。俺の天使」

MAG Garden NOVELS

高嶺の花扱いされる悪役令嬢ですが、本音はめちゃくちゃ恋したい

発行日　2024年5月25日 初版発行

著者 来栖千依　イラスト TCB

発行人　保坂嘉弘

発行所　株式会社マッグガーデン
〒102-8019 東京都千代田区五番町6-2
ホーマットホライゾンビル5F
編集 TEL：03-3515-3872　FAX：03-3262-5557
営業 TEL：03-3515-3871　FAX：03-3262-3436

印刷所　株式会社広済堂ネクスト

担当編集　須田房子（シュガーフォックス）

装　幀　木村慎二郎（BRiDGE）＋矢部政人

ISBN978-4-8000-1316-3 C0093　Printed in Japan

著者へのファンレター・感想等は〒102-8019（株）マッグガーデン気付
「来栖千依先生」係、「TCB先生」係までお送りください。